Rachel Cusk vit en Angleterre. Elle est l'auteur de plusieurs romans, dont *Arlington Park*, adapté au cinéma sous le titre *La Vie domestique* avec Emmanuelle Devos. *Disent-ils*, premier volume d'une trilogie, a été salué par la critique et classé parmi les meilleurs livres de 2014.

DU MÊME AUTEUR

Arlington Park
L'Olivier, 2007
repris sous le titre
La Vie domestique
« Points », n° P1980

Egypt Farm
L'Olivier, 2008
repris sous le titre
Bienvenue à Egypt Farm
« Points », n° P2326

Les Variations Bradshaw
L'Olivier, 2010
« Points », n° P2570

Contrecoup
Sur le mariage et la séparation
L'Olivier, 2013
« Points », n° P3293

Transit
L'Olivier, 2018

Rachel Cusk

DISENT-ILS

ROMAN

*Traduit de l'anglais
par Céline Leroy*

Éditions de l'Olivier

TEXTE INTÉGRAL

TITRE ORIGINAL
Outline
ÉDITEUR ORIGINAL
Faber & Faber, 2014
© Rachel Cusk, 2014

ISBN 978-2-7578-7275-8
(ISBN 978-2-8236-0501-3, 1re publication)

© Éditions de l'Olivier, 2016, pour l'édition en langue française

Le Code de la propriété intellectuelle interdit les copies ou reproductions destinées à une utilisation collective. Toute représentation ou reproduction intégrale ou partielle faite par quelque procédé que ce soit, sans le consentement de l'auteur ou de ses ayants cause, est illicite et constitue une contrefaçon sanctionnée par les articles L. 335-2 et suivants du Code de la propriété intellectuelle.

1

Avant le vol, je fus invitée à déjeuner dans un club londonien avec un milliardaire dont on m'avait promis qu'il était célèbre pour ses largesses. En chemise col ouvert, il évoqua le nouveau programme informatique qu'il développait et qui pouvait aider les entreprises à identifier par avance les employés les plus susceptibles de les voler ou de les trahir. Nous étions censés parler d'un magazine littéraire qu'il pensait lancer : malheureusement, il me fallut partir avant que nous puissions aborder le sujet. Il insista pour me payer le taxi jusqu'à l'aéroport, ce qui me fut bien utile car j'étais en retard et ralentie par une grosse valise.

Le milliardaire avait tenu à me raconter sa vie dans les grandes lignes, de ses débuts modestes à l'homme nanti et décontracté – manifestement – qui était assis en face de moi ce jour-là. Je me demandai s'il ne désirait pas plutôt devenir écrivain, le magazine littéraire servant d'amuse-gueule avant le plat de résistance. Beaucoup de gens veulent devenir écrivains : aucune raison de penser que l'argent n'est pas un moyen d'y parvenir. Cet homme avait acquis puis délaissé bien des choses grâce à l'argent. Il mentionna son programme visant à éradiquer les avocats de la vie de tout un chacun. Il travaillait également à une ferme éolienne en mer assez grande pour accueillir tout le personnel nécessaire à son fonctionnement et sa maintenance : la plate-forme gigantesque serait située très loin au large afin que les turbines disgracieuses ne soient pas une pollution visuelle depuis l'étendue de côte d'où il espérait piloter le projet et sur laquelle, incidemment, il possédait une maison. Le dimanche, il était batteur dans un groupe de rock, pour le plaisir. Il attendait son onzième enfant, ce qui n'était pas aussi terrible que ça en avait l'air quand on considérait que sa femme et lui avaient adopté des quadruplés guatémaltèques. J'avais du mal à assimiler tout ce qu'il me racontait. Les serveuses défilaient à notre table pour nous apporter qui des huîtres, qui de l'assaisonnement, qui des vins de choix. L'homme était facilement distrait, à la manière d'un enfant trop gâté à Noël. Mais quand il me fit monter dans le taxi, il me lança un : profitez bien d'Athènes, alors que je ne me souvenais pas de lui avoir dit que c'était là que je me rendais.

Sur le tarmac d'Heathrow, les passagers de l'avion attendaient en silence d'être emportés dans les airs. L'hôtesse se tenait dans l'allée et mimait, à l'aide d'accessoires, les consignes de sécurité diffusées par une voix enregistrée. Nous étions attachés à nos sièges, un champ d'inconnus dans un silence identique à celui d'une congrégation durant la messe. L'hôtesse brandit le gilet de sauvetage avec son petit sifflet, le masque à oxygène au bout d'un tube transparent. Elle nous expliqua la mort et le désastre éventuels, tel le prêtre qui éclaire ses ouailles sur les détails du purgatoire et de l'enfer ; personne ne se leva d'un bond pour prendre la fuite tant qu'il en était encore temps. À la place, on écouta, bien que d'une oreille, l'esprit ailleurs, comme si l'association d'un protocole et d'une fin tragique nous avait équipés d'une insensibilité particulière. Quand la voix artificielle en vint au passage sur les masques à oxygène, le silence ne fut aucunement troublé : personne ne protesta, ni ne prit la parole pour dire sa désapprobation face à ce commandement selon lequel il fallait toujours s'occuper de soi avant de penser aux autres. En ce qui me concerne, je n'étais pas certaine de sa validité.

J'avais à côté de moi un garçon au teint basané, genoux écartés et dont les gros pouces s'activaient à toute vitesse autour de l'écran d'une console de jeux. De l'autre côté, se trouvait un homme de petite taille vêtu d'un costume en lin clair, très bronzé, et couronné d'un plumet de cheveux blancs. À l'extérieur, l'air lourd de cet après-midi d'été était figé sur la piste ; les petits véhicules de l'aéroport filaient librement sur ces immensités plates, glissant, tournant et décrivant des cercles comme des jouets, et, plus loin, le scintillant fil argenté de l'autoroute courait semblable à une rivière bordée de champs monotones. L'avion se mit en branle, avança bruyamment si bien que le paysage sembla de même se mettre en mouvement devant le hublot, d'abord lentement puis de plus en plus vite jusqu'à cette sensation d'élévation hésitante et pénible à l'instant où les roues s'arrachent du sol. Le temps d'une fraction de seconde, l'opération parut impossible. Mais elle eut bien lieu.

L'homme à ma droite se tourna et me demanda la raison de mon séjour à Athènes. Je répondis que j'y allais pour le travail.

« J'espère que vous logez en bordure de mer, dit-il. Il va faire très chaud en ville. »

J'ai bien peur que ça ne soit pas le cas, rétorquai-je, et il haussa des sourcils argentés qui poussaient de manière étonnamment drue et anarchique au-dessus de ses arcades, comme des mauvaises herbes sur une terre rocailleuse. C'était cette excentricité qui m'avait fait lui répondre. L'inattendu ressemble parfois à un coup de pouce du destin.

« La canicule est arrivée très tôt cette année, ajouta-t-il. En général, nous sommes tranquilles bien plus longtemps. Cela peut être très désagréable pour quelqu'un qui n'y est pas habitué. »

Dans la cabine pleine de vibrations, les lumières s'allumèrent par intermittence ; on entendit des portes s'ouvrir et claquer, des pièces de métal s'entrechoquer, les passagers bouger, parler, se lever. Une voix masculine à l'interphone ; l'odeur du café et de la nourriture nous parvenait ; les hôtesses allaient et venaient d'un air résolu dans l'étroite allée moquettée, et leurs collants de nylon semblaient crisser chaque fois qu'elles passaient. Mon voisin me dit qu'il effectuait ce trajet une à deux fois par mois. Il fut une époque où il avait possédé un appartement à Londres, à Mayfair, « mais cet an-ci, précisa-t-il avec une moue pragmatique, je préfère séjourner au Dorchester ».

Il parlait un anglais raffiné et guindé qui ne semblait pas tout à fait naturel, comme si on le lui avait appliqué au pinceau par petites touches minutieuses. Je lui demandai sa nationalité.

« On m'a envoyé dans une pension anglaise à l'âge de sept ans, répondit-il. On pourrait dire que j'ai les manières d'un Anglais et le cœur d'un Grec. Mais il paraît, ajouta-t-il, que le contraire serait bien pire. »

Ses parents étaient grecs tous les deux, continua-t-il, mais vint un moment où ils délocalisèrent toute la famille – quatre fils, plus eux-mêmes, leurs parents ainsi qu'un assortiment d'oncles et de tantes – à Londres, et adoptèrent les us et coutumes de la classe aisée anglaise, envoyant les garçons en pension et faisant de leur demeure le point de rencontre de la bonne société où tisser des liens avantageux avec un flot inépuisable d'aristocrates, de politiciens et autres Midas. Je lui demandai comment ses parents avaient eu accès à ce *milieu* étranger et il haussa les épaules.

« L'argent est un pays à part, dit-il. Mes parents étaient armateurs et l'entreprise familiale avait beau être une multinationale, eux-mêmes avaient toujours vécu sur la petite île qui les avait vus naître, une île dont vous n'avez sans doute jamais entendu parler malgré sa prolixité d'avec des destinations touristiques très prisées. »

Proximité, le repris-je. Je crois que vous voulez dire proximité.

« Je vous prie de m'excuser. Je voulais bien entendu dire proximité. »

Mais à l'instar de tous les gens fortunés, continua-t-il, ses parents étaient depuis longtemps coupés de leurs origines et évoluaient dans une sphère dépourvue de frontières, parmi d'autres gens de biens et d'importance. Ils gardèrent leur vaste demeure sur l'île où ils avaient établi leurs quartiers d'été quand les enfants étaient petits ; mais quand il fut temps d'envoyer leurs fils à l'école, ils s'installèrent en Angleterre où ils avaient beaucoup de contacts, dont certains, dit-il non sans une pointe de fierté, qui leur firent toucher du doigt la périphérie de Buckingham Palace.

Il venait d'une famille éminente de l'île : deux branches de l'aristocratie locale s'étaient unies grâce au mariage de ses parents, ce qui, du reste, avait permis de consolider deux fortunes de la marine marchande. Mais la culture des lieux n'avait rien d'orthodoxe dans le sens où elle était matriarcale. L'autorité revenait aux femmes, et non aux hommes ; les héritages se transmettaient non pas de père en fils mais de mère en fille.

Ce qui, expliqua mon voisin, créa des tensions au sein de la famille à l'opposé de celles qu'il découvrit à son arrivée en Angleterre. Dans le monde de son enfance, un fils était toujours une déception : lui-même, dernier élément d'une longue liste de déceptions, fut traité avec une ambiguïté toute particulière puisque sa mère voulut croire qu'il était une fille. Elle lui laissa pousser les cheveux pour qu'il ait de longues anglaises ; on lui fit porter des robes et on l'affubla du prénom féminin que ses parents avaient choisi en espérant avoir une lignée d'héritières. Cette situation singulière, me dit mon voisin, avait des causes anciennes. Depuis les débuts de son histoire, l'économie de l'île était fondée sur la pêche d'éponges naturelles et les jeunes hommes de la région avaient développé un grand talent pour la plongée en apnée. À cause des risques liés à cette activité, ils avaient une espérance de vie terriblement basse. À la suite de nombreux décès, les femmes avaient fini par obtenir le contrôle des affaires financières qu'elles avaient ensuite léguées à leurs filles.

« Il est difficile, dit-il, d'imaginer un monde comme celui qu'ont connu mes parents à l'apogée de leur vie, à la fois si agréable et si dur. Un exemple : mes parents ont eu un cinquième enfant, encore un garçon, né avec des lésions cérébrales, et le jour où nous sommes partis, ils l'ont tout bonnement laissé sur l'île aux soins d'une succession de nourrices dont personne – à cette époque et avec le recul –, j'en ai peur, n'avait pris la précaution d'étudier les références de près. »

Il y vivait toujours, un homme vieillissant avec l'esprit d'un tout petit enfant, incapable, bien sûr, de donner sa propre version de l'histoire. Pendant ce temps, mon voisin et ses frères pénétraient dans les eaux glacées de l'enseignement privé anglais, et apprenaient à penser et à parler comme de petits Anglais. On coupa les longs cheveux bouclés de mon voisin à son plus grand soulagement, et, pour la première fois de sa vie, il fit l'expérience de la cruauté et découvrit par la même occasion de nouvelles façons d'être malheureux : la solitude, le mal du pays, l'absence de ses parents. Il fouilla dans la poche intérieure de son costume et en sortit un petit portefeuille noir en cuir souple d'où il extirpa une photo monochrome froissée de ses parents : un homme au maintien rigide engoncé dans une sorte de redingote ajustée et boutonnée jusqu'au menton, dont la raie au milieu, les épais sourcils et la grosse moustache aux extrémités enroulées étaient si noirs qu'ils lui donnaient une apparence incroyablement féroce ; à côté de lui, une femme au visage sérieux, aussi rond, dur et indéchiffrable qu'une pièce de monnaie. La photo avait été prise à la fin des années trente, souligna mon voisin, avant que lui-même ne vienne au monde. Le couple était déjà malheureux, même si la férocité du père et l'intransigeance de la mère n'étaient pas que cosmétiques. Leurs deux volontés s'affrontaient dans un terrible combat dont aucune ne sortit jamais victorieuse ; sauf, très brièvement, à leur mort. Mais cette histoire, dit-il en esquissant un sourire, sera pour une autre fois.

Pendant ce temps, l'hôtesse de l'air progressait lentement dans l'allée derrière un chariot d'où elle sortait des plateaux-repas et des boissons. Elle arrivait à présent à notre niveau : elle fit passer les plateaux en plastique blanc et j'en tendis un au garçon à ma gauche qui leva silencieusement sa console des deux mains pour que je puisse le déposer sur la tablette devant lui. Mon voisin de droite et moi soulevâmes le couvercle qui protégeait le plateau pour qu'on puisse nous verser du thé dans la tasse en plastique blanc. Mon voisin commença alors à me poser des questions, comme si on lui avait appris à ne pas oublier de le faire, et je me demandai d'où, ou de qui, il tenait cette leçon que tant de gens ne retiennent jamais. Je répondis que je vivais à Londres, que j'avais récemment quitté la maison en pleine campagne où j'avais vécu seule avec mes enfants ces trois dernières années et qu'avant cela, nous avions partagée avec leur père pendant sept ans. En d'autres termes, j'étais restée dans ce qui avait été notre foyer familial pour le regarder devenir la tombe d'une chose qui, pour moi, ne s'apparentait plus vraiment ni à la réalité ni à une illusion.

On s'accorda une pause pour boire notre thé et manger les petits biscuits mous servis avec la boisson. De l'autre côté du hublot, se répandait une quasi-obscurité pourpre. Les moteurs vrombissaient avec régularité. La cabine s'était elle aussi assombrie, traversée par les faisceaux des spots individuels. Il était difficile d'étudier le visage de mon voisin mais dans cette pénombre modulée par la lumière il s'était transformé en paysage fait de pics et de crevasses au centre duquel s'élevait le crochet fabuleux de son nez, projetant de profonds ravins d'ombre de part et d'autre si bien que j'apercevais à peine ses yeux. Il avait une grande bouche, les lèvres fines et légèrement ouvertes ; l'espace qui séparait son nez de sa lèvre supérieure était important, charnu et il y posait souvent un doigt, de sorte que ses dents restaient cachées quand il souriait. Il était impossible, dis-je en réponse à sa question, d'expliquer pourquoi le mariage s'était ainsi dissous : un mariage est un système de croyances, une histoire, et même s'il se manifeste à travers des choses plutôt concrètes, la force qui le nourrit est au bout du compte mystérieuse. Concrètement, à la fin, il y eut la perte de la maison qui incarnait alors le lieu géographique où des choses avaient disparu, et représentait, j'imagine, l'espoir qu'elles réapparaîtraient peut-être un jour. D'une certaine façon, déménager revenait à affirmer que nous avions cessé d'attendre ; nous n'étions plus joignables au numéro habituel, à l'adresse habituelle. Mon fils cadet, racontai-je, a l'habitude très désagréable de ne pas rester là où vous avez prévu de le retrouver si vous n'êtes pas au rendez-vous avant lui. Au lieu d'attendre, il part à votre recherche, perdu et frustré. Je ne te trouvais pas ! crie-t-il après coup, invariablement chagriné. Mais pour espérer trouver quoi que ce soit, il faut rester exactement où l'on est, à l'endroit convenu. Après, il reste à savoir combien de temps vous pouvez tenir.

« J'ai souvent l'impression, réagit mon voisin après un silence, que mon premier mariage s'est défait pour la raison la plus idiote qui soit. Quand j'étais enfant, j'avais l'habitude de regarder les charrettes de foin revenir des champs, tellement chargées qu'il semblait miraculeux qu'elles ne se renversent pas. Elles cahotaient et tanguaient de manière alarmante d'un bord à l'autre, mais incroyable, elles tenaient toujours la route. Jusqu'au jour où j'en ai vu une, de charrette renversée sur le côté, du foin partout autour, les gens qui couraient dans tous les sens en criant. J'ai demandé ce qui s'était passé et un homme m'a dit qu'elle avait roulé sur une bosse. Je n'ai jamais oublié, dit-il, combien j'avais trouvé cela idiot et pourtant inévitable. Il s'est passé la même chose entre ma première épouse et moi, dit-il. On a roulé sur une bosse et ç'a été la culbute. »

Cette union avait été heureuse, il s'en rendait compte aujourd'hui, la plus harmonieuse qu'il ait connue de sa vie. Sa femme et lui s'étaient rencontrés puis fiancés alors qu'ils étaient encore adolescents ; ils ne s'étaient jamais disputés avant la dispute qui avait tout détruit entre eux. Ils étaient parents de deux enfants et avaient amassé une fortune considérable : ils possédaient une grande maison aux abords d'Athènes, un appartement à Londres, une autre propriété à Genève ; ils s'offraient des vacances à la montagne, possédaient des chevaux ainsi qu'un yacht de vingt-quatre mètres qui mouillait en mer Égée. Ils étaient encore assez jeunes pour croire que, par principe, la croissance est exponentielle ; cette vie ne faisait que croître et dans son besoin d'expansion, elle brisait les réceptacles successifs dans lesquels vous essayiez de la contenir. Après la dispute, réticent à l'idée de quitter définitivement la maison, mon voisin finit par s'installer sur le yacht. C'était l'été et le navire était luxueux ; il pouvait nager, pêcher et recevoir des amis. Durant quelques semaines, il vécut dans un état de pure illusion, comme la torpeur à l'instant où l'on se blesse, avant que la douleur ne se réveille, lentement mais sûrement, et se fraie un chemin à travers le dense brouillard analgésiant. Le temps se dégrada ; le yacht devint froid et inconfortable. Son beau-père le convoqua, exigea de lui qu'il renonce à tous les biens qu'il avait en commun avec sa femme, il accepta. Il pensait pouvoir se permettre ce geste magnanime, qu'il regagnerait l'argent perdu. Il avait trente-six ans et sentait encore couler dans ses veines l'énergie de la croissance exponentielle, de la vie prête à faire éclater le réceptacle qui la limitait. Il regagnerait tout, à la différence que, cette fois, il aurait choisi ce qu'il posséderait.

« Mais j'ai découvert, ajouta-t-il en tapotant sa lèvre supérieure, que cela était plus facile à dire qu'à faire. »

Bien entendu, rien ne se déroula comme prévu. La bosse sur la route n'avait pas seulement détruit son mariage ; elle l'avait aiguillé sur une tout autre voie qui n'était qu'un long détour sans but, une voie sur laquelle il n'aurait pas dû se trouver et que, par moments, il avait encore l'impression d'emprunter. De même qu'un point de couture trop lâche peut défaire tout un vêtement, il était difficile de mettre le doigt sur le défaut originel en reconstituant l'enchaînement des événements. Pourtant ces événements formaient la majorité de sa vie d'adulte. La fin de son premier mariage remontait à presque trente ans, et, plus il s'éloignait de cette vie, plus elle lui apparaissait réelle. Pas exactement réelle, corrigea-t-il – ce qui était arrivé depuis était bien assez réel comme ça. Le mot qu'il cherchait était authentique : son premier mariage avait été ce qu'il avait connu de plus authentique. Avec l'âge, il se le représentait de plus en plus comme une sorte de foyer, un lieu où il désirait ardemment retourner. Même si, dès qu'il se le remémorait avec honnêteté, et encore plus quand il parlait avec sa première femme – ce qui était rare ces derniers temps –, les vieilles impressions d'étranglement le saisissaient à nouveau. Tout de même, il lui semblait à présent que cette vie avait été vécue presque inconsciemment, qu'il s'y était perdu, laissé absorber, comme on peut être absorbé par un livre, croire aux événements décrits et vivre entièrement à travers ses personnages et avec eux. Depuis, jamais plus il n'avait connu un tel degré d'absorption ; jamais plus il n'avait été capable de croire avec autant de ferveur. Peut-être que cela – la perte de cette croyance – expliquait cette nostalgie de son ancienne vie. Quoi qu'il en soit, sa femme et lui avaient bâti des choses qui avaient prospéré, avaient fait fructifier ensemble la somme de ce qu'ils étaient et de ce qu'ils avaient ; la vie avait répondu avec enthousiasme, les avait traités avec prodigalité, et ceci – il le voyait bien à présent – lui avait donné assez de confiance pour tout briser, tout briser avec ce qui lui semblait aujourd'hui une désinvolture extraordinaire parce qu'il avait cru qu'il y en aurait toujours plus.

Toujours plus de quoi ? demandai-je.

« Plus… de vie, dit-il en montrant les paumes dans un geste d'acceptation. Et plus d'affection, ajouta-t-il après un silence. Je voulais plus d'affection. »

Il replaça la photo de ses parents dans son portefeuille. Entre-temps, l'obscurité avait rempli les hublots. Dans la cabine, les gens lisaient, dormaient, discutaient. Un homme en pantacourt ample parcourait l'allée avec un bébé qu'il berçait sur son épaule. L'avion semblait arrêté, presque immobile ; il y avait si peu de contact entre l'intérieur et l'extérieur, si peu de friction, qu'il était difficile de croire que nous avancions. Contrastant avec les ténèbres du dehors, la lumière artificielle donnait un air très charnel et réel aux passagers, les détails de chacun si peu modifiés, si anonymes, si infinis. À chaque passage de l'homme avec le bébé, je voyais le réseau de plis sur le pantacourt, ses bras pleins de taches de rousseur couverts de poils roux et drus, le bourrelet de peau pâle que dévoilait son tee-shirt relevé, et les pieds tendres et fripés du bébé sur son épaule, le petit dos bossu, le crâne fragile avec sa première boucle de cheveux.

Mon voisin se tourna à nouveau vers moi et me demanda quel genre de travail m'amenait à Athènes. Pour la deuxième fois, je sentis l'effort conscient de sa question comme s'il s'était entraîné à récupérer les objets qui lui glissaient des mains. Cela me rappela mes fils quand ils étaient bébés, la façon dont ils faisaient délibérément tomber des choses de la chaise haute afin de les regarder atterrir par terre, une activité aussi amusante pour eux que terrible en conséquences. Les yeux baissés, ils observaient un article quelconque – une biscotte à moitié mangée, une balle en plastique – et s'agitaient de plus en plus en constatant l'incapacité de l'objet à revenir vers eux. À la fin, ils se mettaient à pleurer, et découvraient en général que c'était par ce biais qu'ils pouvaient récupérer l'article en question. Cela me surprenait toujours que, face à cette suite d'événements, leur réaction était de la répéter : dès qu'ils tenaient l'objet entre leurs mains, ils le lâchaient à nouveau et se penchaient pour le regarder tomber. Leur ravissement ne faiblissait jamais ni leur détresse. Ils finiraient par s'apercevoir que cette détresse était inutile, me figurais-je, et choisiraient de l'éviter, mais non. La mémoire de la souffrance n'avait strictement aucun effet sur ce qu'ils avaient prévu de faire : au contraire, cela les incitait à répéter ces gestes, car la souffrance était l'élément magique qui entraînait le retour de l'objet et permettait de connaître encore une fois ce plaisir qui consistait à le laisser tomber. Si dès le début, j'avais manqué de le rendre, j'imagine qu'ils auraient appris quelque chose de très différent, même si j'ignore quoi.

J'expliquai à mon voisin que j'étais écrivain et que je venais passer deux jours à Athènes pour participer à la session d'été d'un atelier d'écriture. L'atelier s'intitulait : « Comment écrire ». Un certain nombre d'écrivains étaient invités et puisqu'il n'y avait pas qu'une façon d'écrire, je me disais que nous donnerions aux étudiants des conseils contradictoires. Ces derniers étaient grecs pour la plupart, m'avait-on prévenue, mais, pour plus de facilité, on attendait d'eux qu'ils écrivent en anglais. D'aucuns voyaient cette idée d'un œil sceptique mais, pour moi, ça n'était pas un problème. Les étudiants pouvaient bien écrire dans la langue de leur choix : cela ne changeait rien. Parfois, dis-je, la contrainte permettait de gagner en simplicité. L'enseignement n'était qu'une façon de gagner ma vie, continuai-je. Mais j'avais un ou deux amis à Athènes et je souhaitais profiter de ce séjour pour les voir.

Vous êtes donc écrivain, dit mon voisin en penchant la tête avec un air qui pouvait s'interpréter comme du respect pour la profession ou une complète ignorance de ce qu'elle impliquait. J'avais remarqué, lorsque j'avais pris place à côté de lui, qu'il était plongé dans un roman de Wilbur Smith apparemment lu et relu qui, disait-il à présent, n'était pas vraiment représentatif de ses goûts littéraires, même s'il devait avouer être très bon public en matière de fiction. Il s'intéressait davantage aux documents, où des faits étaient relatés et interprétés, dans ce domaine, il se montrait plus exigeant, savait discerner un beau style ; John Julius Norwich était l'un de ses écrivains préférés, par exemple. Mais il est vrai qu'il ne connaissait rien au roman. Il extirpa le Wilbur Smith de la pochette du siège devant lui et le fourra dans la mallette à ses pieds pour qu'il reste hors de vue, à croire qu'il souhaitait le désavouer ou pensait peut-être que je pourrais l'oublier. Mais la littérature comme snobisme ou définition de soi ne m'intéressait plus – je n'éprouvais pas de désir de démontrer qu'un livre en surpassait un autre : en fait, quand j'admirais un livre, j'avais de plus en plus tendance à ne pas le mentionner du tout. Ce que je savais être vrai pour moi semblait avoir perdu tout lien avec le processus qui consistait à persuader les autres. C'était terminé, je ne voulais plus persuader quiconque de quoi que ce soit.

« Ma deuxième épouse, disait à présent mon voisin, n'a jamais lu un livre de sa vie. »

Elle n'avait aucune base en histoire-géographie, continua-t-il, et proférait les remarques les plus embarrassantes qui soient en société, sans la moindre gêne. Au contraire, elle s'énervait quand des gens parlaient de sujets dont elle ignorait tout : un ami vénézuélien vint leur rendre visite, par exemple, et elle refusa de croire à l'existence d'un tel pays parce qu'elle n'en avait jamais entendu parler. Elle-même était anglaise, et d'une si grande beauté qu'il était difficile de ne pas lui prêter quelque raffinement intérieur ; mais même si elle pouvait parfois surprendre, c'était une femme plutôt désagréable. Il invitait souvent ses beaux-parents à venir séjourner chez eux comme si les étudier de plus près lui permettrait de déchiffrer le mystère de leur fille. Ils venaient sur l'île où mon voisin avait gardé la maison de ses ancêtres, et y passaient plusieurs semaines d'affilée. Il n'avait jamais rencontré des gens d'une fadeur aussi extraordinaire, si impersonnels : il avait beau s'épuiser à les stimuler, ils réagissaient autant qu'une paire de fauteuils. Il finit par beaucoup s'attacher à eux, comme on peut s'attacher à des fauteuils, surtout au père dont la réserve était si illimitée que, avec le temps, mon voisin en vint à penser qu'il souffrait d'un traumatisme psychique. Cela l'émouvait de voir quelqu'un à ce point blessé par la vie. Plus jeune, il n'aurait très certainement pas fait attention à cet homme et se serait encore moins interrogé sur les causes de son silence ; mais c'est en reconnaissant la souffrance de son beau-père qu'il commença à reconnaître la sienne. Cela paraît insignifiant, mais, grâce à ça, il avait l'impression que sa vie tournait sur son axe : l'histoire de sa volonté inébranlable lui apparaissait, par un simple renversement de perspective, comme un itinéraire moral. Il s'était retourné, de même qu'un alpiniste se retourne et regarde la vallée, le chemin parcouru, à la fin de son ascension.

Il y a très longtemps – si longtemps qu'il en avait oublié le nom de l'auteur –, il avait lu des lignes remarquables dans un récit qui racontait l'histoire d'un homme qui s'évertue à traduire le texte d'un écrivain très célèbre. Dans ce passage – dont, me dit mon voisin, il se souvenait encore –, le traducteur explique qu'une phrase ne naît au monde ni bonne ni mauvaise, mais qu'il faut pratiquer les ajustements les plus subtils possible pour définir son caractère, selon un processus intuitif auquel l'exagération et la force sont fatales. Ces lignes concernaient l'art d'écrire, mais en regardant autour de lui alors qu'il atteignait le mitan de sa vie, mon voisin s'était aperçu qu'elles s'appliquaient aussi bien à l'art de vivre. Où qu'il se tourne, il voyait des gens détruits par la gravité de leurs expériences, et ses nouveaux beaux-parents en étaient un parfait exemple. Manifestement, leur fille l'avait pris pour un homme plus riche qu'il n'était : le malheureux yacht sur lequel il s'était caché après s'être évadé loin des affres conjugales et qui était le seul patrimoine qui lui restait de cette époque, l'avait appâtée. Puisqu'elle avait grand besoin de vivre dans le luxe, mon voisin s'était mis, comme jamais auparavant, à passer aveuglément et frénétiquement tout son temps dans des réunions, des avions, à négocier et à conclure des accords, à prendre toujours plus de risques pour lui offrir la fortune qu'elle estimait aller de soi. À vrai dire, il fabriquait une illusion : quoi qu'il fasse, le gouffre entre l'illusion et la réalité ne se refermait jamais. Progressivement, dit-il, ce gouffre, cette distance entre la réalité et ce que j'aurais voulu qu'elle soit, commença à me miner. Je sentais que je me vidais, ajouta-t-il, comme si jusque-là, j'avais vécu sur des réserves accumulées qui s'étaient graduellement épuisées.

C'était alors qu'il fut frappé par la droiture de sa première épouse, la richesse et la prospérité de leur vie de famille, la profondeur de leur passé commun. La première épouse, après une période difficile, s'était remariée : suite à leur divorce, elle avait fait une fixation sur le ski, avait pratiqué en Europe du Nord et à la montagne aussi souvent que possible, et, très vite, elle avait annoncé son mariage avec un prof de ski de Lech qui, à ses dires, lui avait redonné confiance en elle. À ce jour, admit mon voisin, elle était toujours mariée à cet homme. Mais très vite, mon voisin avait compris qu'il s'était trompé et avait entrepris de renouer avec sa première femme, sans trop savoir avec quelles intentions. Leurs deux enfants, un garçon et une fille, étaient encore jeunes : il paraissait raisonnable, après tout, de rester en contact. Il se rappelait vaguement que, tout de suite après leur séparation, c'était elle qui avait tenté de le garder à proximité ; il se souvenait aussi qu'il avait évité ses appels, résolu à conquérir la femme qui deviendrait sa deuxième épouse. Il était injoignable, englouti dans un nouveau monde où sa première femme semblait à peine exister, où elle n'était qu'une sorte de silhouette en carton ridicule dont les actes – ainsi qu'il en persuadait les autres et lui-même – étaient ceux d'une folle. Mais voilà qu'à son tour, elle était introuvable : elle dévalait les flancs blancs et froids des montagnes de l'Arlberg où il n'existait pas plus à ses yeux qu'elle n'avait existé autrefois aux yeux de son époux. Elle ne prenait pas ses appels ou bien décrochait brusquement, distraitement et disait qu'elle avait à faire. Il ne pouvait pas exiger d'elle qu'elle valide son existence, et c'est bien là le plus déroutant puisqu'à cause de cela, il se sentait totalement irréel. C'était avec elle, après tout, qu'il avait forgé son identité : si elle ne le reconnaissait plus tel qu'il était, alors qui était-il ?

Le plus étrange, dit-il, est que, encore aujourd'hui, alors que tout ça est de l'histoire ancienne et que sa première femme et lui communiquent plus régulièrement, il suffit à cette dernière de parler à peine plus d'une minute pour qu'elle commence déjà à l'agacer. Par ailleurs, il ne doute pas que si elle avait fui ses montagnes pour le retrouver au moment où il avait semblé changer d'avis, elle l'aurait tellement énervé qu'ils auraient rejoué en intégralité la fin catastrophique de leur relation. Au lieu de quoi, ils avaient vieilli à distance : quand il lui parle, il imagine assez clairement la vie qu'ils auraient eue, la vie qu'ils partageraient à présent. C'est comme revoir une maison où l'on a vécu : le fait qu'elle existe encore, si réelle, vide un peu de sa substance ce qui est arrivé depuis. Sans structure, les événements sont irréels : la réalité de sa femme, comme la réalité de la maison, était structurelle, déterminante. Elle avait ses limites qu'il retrouve quand il entend sa voix au téléphone. Pourtant, cette vie sans limites a été épuisante, une longue histoire de dépenses émotionnelles et financières, comme trente années passées d'un hôtel à l'autre. C'est cette sensation d'impermanence, d'absence de foyer, qui lui coûte. Il a dépensé tant et plus pour s'en débarrasser, pour mettre un toit au-dessus de sa tête. Et pendant ce temps, il voit sa femme au loin – son foyer – plantée là, pareille à elle-même ou presque, mais désormais liée à d'autres gens.

Je notai que sa façon de me raconter son histoire illustrait assez bien ce point car je percevais sa deuxième femme beaucoup moins bien que la première. À vrai dire, je n'y croyais pas entièrement, à cette deuxième épouse. Elle était présentée comme une scélérate bien pratique, mais qu'avait-elle fait de mal, au fond ? Elle n'avait jamais prétendu être une intellectuelle, comme mon voisin avait prétendu être riche, et puisqu'elle n'était appréciée que pour sa beauté, il semblait naturel – certains diraient raisonnable – qu'elle ait voulu lui donner un prix. Quant au Venezuela, qui était-il pour décider de ce qu'une personne devrait savoir ou pas ? J'étais certaine que lui-même ignorait beaucoup de choses, des choses qui n'existaient pas puisqu'il ne les connaissait pas, pas plus que le Venezuela n'existait pour sa jolie femme. Mon voisin fronçait tellement les sourcils que des rides clownesques apparurent de chaque côté de son menton.

« J'admets, dit-il après une longue pause, que, sur cette question, je ne suis peut-être pas très objectif. »

En fait, il ne lui pardonnait pas la façon dont elle avait traité ses enfants quand ils venaient passer les vacances scolaires avec eux, en général dans la vieille maison de famille sur l'île. Elle était particulièrement jalouse de l'aîné, un garçon dont elle critiquait le moindre geste. Elle le surveillait avec une obsession fascinante à voir, lui donnait toujours des tâches à accomplir dans la maison, lui reprochait le plus minuscule de ses écarts et martelait qu'elle avait le droit de le punir pour ce qu'elle seule jugeait comme une incartade. Un jour, en rentrant chez lui, il découvrit que le garçon avait été enfermé dans la cave aussi vaste que des catacombes qui s'étendait sous toute la maison, au mieux, ce genre de lieu sombre et sinistre qui le terrifiait quand il était lui-même enfant. Allongé sur le côté, tremblant, il avait dit à son père qu'on l'avait enfermé là parce qu'il n'avait pas débarrassé son assiette de la table. À croire que le garçon personnifiait tous les aspects pénibles de son rôle d'épouse, qu'il incarnait une certaine injustice dans laquelle elle se sentait piégée : à l'égard de son mari, elle n'était pas une priorité et ne le serait jamais.

Il ne comprit jamais ce besoin de suprématie, car après tout ce n'était pas sa faute à lui s'il avait eu une vie avant de la rencontrer ; mais elle semblait de plus en plus résolue à détruire ce passé et ces enfants qui en étaient la manifestation indéracinable. À cette époque-là, ils avaient déjà un enfant à eux, un autre garçon, mais, loin d'apaiser les choses, cela n'avait apparemment servi qu'à exacerber sa jalousie. Elle accusait mon voisin de ne pas aimer leur fils autant que ses autres enfants ; elle l'épiait en permanence pour trouver une marque de favoritisme à leur égard alors qu'elle-même favorisait leur fils de manière patente, ce qui ne l'empêchait pas d'être souvent en colère contre lui également, comme si elle sentait qu'un enfant autre que lui aurait pu gagner cette bataille pour elle. D'ailleurs, quand tout fut fini entre eux, elle lui abandonna quasiment leur fils. Ils passaient l'été sur l'île et ses beaux-parents – la paire de fauteuils – étaient là aussi. Mon voisin les appréciait plus que jamais car, plein d'empathie, il envisageait leur manque de relief comme la preuve de la nature cyclonique de leur fille. Ils étaient pareils à un territoire sans cesse touché par les tornades ; ils vivaient dans un état permanent de semi-dévastation. Sa femme se mit dans l'idée qu'elle voulait retourner à Athènes : elle s'ennuyait sur l'île, supposait-il ; il y avait sans doute des fêtes où elle voulait aller, des choses qu'elle voulait faire ; elle en avait assez de toujours passer l'été là, dans le mausolée familial ; du reste, ses parents devaient prendre leur avion de retour pour l'Angleterre peu après, si bien qu'ils pourraient partir tous ensemble, dit-elle, et laisser les enfants les plus âgés au soin de la gouvernante. Mon voisin répondit qu'il ne pouvait pas rentrer tout de suite à Athènes. Il ne pouvait en aucun cas quitter ses enfants – ces derniers avaient encore deux ou trois semaines à passer avec lui. Il n'allait tout de même pas les abandonner ? Puisque c'était comme ça, dit-elle, tout était fini entre eux.

Voilà où résidait la véritable épreuve : on lui demandait enfin de faire un choix et, bien sûr, lui avait l'impression que ce n'en était pas un du tout. C'était totalement insensé, une dispute terrible s'ensuivit qui se termina par l'embarquement de sa femme, de leur fils et de ses beaux-parents sur un bateau pour Athènes. Avant leur départ, son beau-père fit une excursion quasi inédite dans le monde de la parole. Il dit qu'il comprenait le point de vue de mon voisin. Ce fut la dernière fois qu'il le vit, et l'une des dernières fois où il vit sa femme car après le retour de tout ce petit monde en Angleterre, elle demanda le divorce. Elle engagea un très bon avocat et pour la deuxième fois de sa vie il se retrouva au bord de la banqueroute. Il vendit le yacht et acheta un petit bateau à moteur qui reflétait mieux l'état de sa fortune. Il récupéra toutefois son fils dès que son ex-femme se remaria à un aristocrate anglais d'une richesse manifestement faramineuse – elle découvrit que l'enfant était un frein à son deuxième mariage, comme les enfants de mon voisin avaient été un frein pour le leur. Ce dernier détail démontrait si ce n'est l'intégrité de son ex-femme, du moins sa cohérence.

Tant de choses perdues, dit-il, dans le naufrage. Il ne reste que des fragments et, si vous ne vous y accrochez pas, la mer viendra aussi vous les prendre. Néanmoins, dit-il, je crois encore à l'amour. L'amour restaure presque tout, et quand il ne peut pas restaurer, il éloigne la douleur. Vous, par exemple, poursuivit-il, pour l'instant vous êtes triste, mais si vous tombiez amoureuse, cette tristesse s'envolerait. Assise à côté de mon voisin, je repensai à mes fils dans leurs chaises hautes au moment où ils découvraient que la détresse faisait magiquement revenir la balle. C'est alors que l'avion entama en douceur sa descente vers les ténèbres. Une voix se fit entendre dans l'interphone ; les hôtesses se lancèrent dans de brusques allers-retours pour raccompagner les passagers à leurs sièges. Mon voisin me demanda mon numéro de téléphone : peut-être que nous pourrions dîner un soir durant mon séjour à Athènes.

L'histoire de son deuxième mariage ne me satisfaisait toujours pas. Elle manquait d'objectivité ; elle reposait trop lourdement sur des extrêmes, et les propriétés morales qui leur étaient assignées étaient souvent inadéquates. Il n'y avait par exemple rien de mal à être jaloux d'un enfant, même si cela était très douloureux pour ceux qui le vivaient. Je me suis aperçue que je ne croyais pas à certains faits essentiels, notamment à ce passage où sa femme avait enfermé son fils dans la cave, et je n'étais pas non plus complètement convaincue par l'argument sur la beauté de cette femme qui, là encore, me semblait déplacé. S'il n'y avait rien de mal à être jaloux, il y en avait encore moins à être beau : le tort revenait à celui qui volait cette beauté, à savoir le narrateur, sous un faux prétexte. On pourrait décrire la réalité comme l'éternel équilibre entre le positif et le négatif, mais dans cette histoire, les deux pôles avaient été dissociés et attribués à deux identités séparées, antagonistes. Le récit montrait invariablement certaines personnes – le narrateur et ses enfants – sous un jour favorable, tandis que l'épouse n'apparaissait que quand on lui demandait de se condamner davantage. Les tentatives perfides du narrateur pour renouer avec sa première femme, par exemple, étaient montrées de manière positive et empathique, tandis que le manque de confiance en soi de la deuxième épouse – bien fondé, comme on le savait désormais – était traité comme un crime incompréhensible. La seule exception était l'amour que portait le narrateur à ses beaux-parents ennuyeux et emportés par la tornade, détail doux-amer où le positif et le négatif s'équilibraient l'un l'autre. Mais à part cela, je sentais que dans cette histoire, la vérité était sacrifiée au profit du désir qu'avait le narrateur de primer.

Mon voisin rit et dit que j'avais sans doute raison. Mes parents ont passé leur vie à se disputer, dit-il et aucun n'a jamais pris le dessus. Mais ils ne se sont jamais quittés non plus. Mon frère s'est marié cinq fois, poursuivit-il, jusqu'à se retrouver seul dans son appartement de Zurich à compter son argent et à manger des sandwichs au fromage un soir de Noël. Dites-moi la vérité, ai-je repris : votre femme a-t-elle vraiment enfermé votre fils dans la cave ? Il a incliné la tête.

« Elle l'a toujours nié. Elle a prétendu que Takis s'était enfermé là tout seul pour lui causer des ennuis. »

Mais je reconnais, dit-il, qu'il n'était pas insensé pour elle de vouloir que je l'accompagne à Athènes. Mon voisin ne m'avait pas raconté tous les tenants et les aboutissants de l'histoire – en fait, sa belle-mère était tombée malade. Rien de bien grave, mais il fallait qu'elle se fasse hospitaliser sur le continent et sa femme ne maîtrisait pas le grec. Lui pensait que son beau-père et elle auraient tout de même pu se débrouiller. La remarque que lui avait faite ce dernier au moment de lui dire au revoir était donc plus ambiguë qu'il n'y paraissait à première vue. Entre-temps, nous avions attaché nos ceintures comme la voix de l'interphone nous l'avait demandé, et pour la première fois je vis apparaître des lumières en contrebas alors que nous virions dans la descente au milieu des vibrations de l'appareil, une grande forêt de lumières flottant mystérieusement dans les ténèbres.

À cette époque, je m'inquiétais sans cesse pour mes enfants, me dit mon voisin. Je n'arrivais pas à penser à mes besoins ou à ceux de ma femme ; je pensais surtout que mes enfants avaient besoin de moi. Ses mots me rappelèrent les masques à oxygène qui n'avaient heureusement pas fait leur apparition au cours des quelques heures écoulées. C'était une sorte de cynisme mutuel, dis-je, qui expliquait qu'on nous fournisse des masques à oxygène dont on savait tacitement que nous n'aurions jamais besoin. Mon voisin répliqua que cela valait pour bien des aspects de la vie, mais qu'il ne servait à rien de fonder nos attentes personnelles sur la loi des probabilités.

2

Dès que nous marchions sur un trottoir étroit dans une rue grouillante de circulation, je remarquai que Ryan se mettait toujours du côté du mur.

« J'ai lu les statistiques sur les victimes de la route à Athènes, dit-il. Je prends ces informations très au sérieux. Je dois à ma famille de rentrer à la maison en un seul morceau. »

Il y avait souvent des chiens allongés sur les trottoirs, de gros chiens au pelage incroyablement hirsute. Ils étaient cloués sur place par la chaleur, immobiles en dehors du mouvement discret de leurs flancs quand ils respiraient. De loin ils ressemblaient parfois à des femmes en manteau de fourrure qui se seraient écroulées là, ivres mortes.

« Est-ce qu'on enjambe un chien ? demanda Ryan, hésitant. Ou est-ce qu'on le contourne ? »

La chaleur ne l'affectait pas, dit-il – en fait il aimait ça. Il avait l'impression qu'après des années d'humidité, il séchait enfin. Son seul regret était d'avoir dû attendre l'âge de quarante et un ans pour venir ici, un lieu qui semblait vraiment fascinant. Il regrettait aussi que sa femme et ses enfants ne puissent pas voir ça, mais il était résolu à ne pas laisser la culpabilité lui gâcher son séjour. Sa femme avait passé un week-end avec des copines à Paris récemment et pendant ce temps, il s'était occupé seul des enfants ; il avait mérité ce voyage, aucune raison de penser le contraire. Et pour être parfaitement honnête, les gamins te ralentissent : à la première heure ce matin, il était monté à l'Acropole, avant que la chaleur ne soit trop intense, ce qu'il n'aurait pas pu faire en les ayant à la traîne, pas vrai ? Et même s'il l'avait fait, il aurait passé son temps à se préoccuper de coups de soleil et de déshydratation et même s'il avait vu le Parthénon posé là telle une couronne blanc et or décrépite au sommet de la colline sur ce ciel d'un bleu païen et féroce, il ne l'aurait pas vécu de la même manière, pas comme ce matin où il avait pu aérer les plus profondes crevasses ombragées de son être. Il ne savait pas trop pourquoi, mais, en montant là-haut, il s'était rappelé combien les draps de son lit d'enfant sentaient toujours le moisi. Tu ouvrais un placard dans la maison de mes parents, et la plupart du temps, de l'eau suintait au fond. Lorsqu'il quitta Tralee pour Dublin, il découvrit que tous ses livres étaient collés aux étagères. Beckett et Synge avaient pourri et s'étaient transformés en colle.

« C'est dire quel gros lecteur j'étais…, remarqua-t-il. Le genre d'anecdote qu'il ne faut pas trop ébruiter. »

Oui, c'était la première fois qu'il venait en Grèce ou, d'ailleurs, dans un pays où l'on prenait le soleil pour acquis. Sa femme était allergique – au soleil, précisa-t-il. Comme lui, elle avait été élevée dans la pénombre et l'humidité, et le soleil lui provoquait des rougeurs et des cloques ; elle ne supportait pas du tout la chaleur qui lui donnait des migraines et des vomissements. Pour les vacances, ils emmenaient les enfants à Galway où ses beaux-parents avaient une maison, et s'ils avaient vraiment besoin d'oublier un peu Dublin, ils pouvaient toujours retourner à Tralee. La maison des grands-parents est un passage obligé et, typiquement, c'est l'endroit où l'on ne peut pas faire autrement que t'accueillir, dit-il. Sa femme croyait à tout ça, la famille, les déjeuners dominicaux, les grands-parents des deux côtés pour les enfants, mais si on lui laissait le choix, Ryan ne mettrait sans doute jamais plus les pieds chez ses parents. Non pas qu'ils aient fait quoi que ce soit de mal, dit-il, ce sont des gens plutôt bien, mais, simplement, ça ne me traverserait pas l'esprit.

Nous longeâmes un café avec une terrasse à l'ombre d'un grand auvent où les clients arboraient un air de supériorité, si calmes et attentifs dans la pénombre, alors que nous-mêmes peinions inexplicablement dans la chaleur et l'agitation de la rue. Ryan déclara qu'il aimerait bien s'arrêter boire un verre ; il était venu ici plus tôt pour prendre son petit déjeuner, il expliqua que l'endroit lui avait paru agréable. Je ne comprenais pas bien s'il voulait que je l'accompagne ou pas. En fait, il avait pris tellement de pincettes pour tourner sa phrase que j'eus l'impression qu'il évitait les formules inclusives. Après cela, j'étudiai sa façon de parler à la recherche d'autres indices allant dans ce sens, et je notai que, quand les autres lançaient des propositions, Ryan disait toujours « Je vous rejoindrai peut-être plus tard » ou « Je vous retrouverai peut-être là-bas » plutôt que de s'engager pour de bon et de décider d'une heure et d'un lieu de rendez-vous précis. Il n'évoquait ses activités qu'après coup. Je le croisai une fois par hasard dans la rue et vis que ses cheveux, coiffés en arrière, étaient mouillés de sorte que je lui demandai sans détour où il était allé. Il revenait du Hilton, expliqua-t-il, où il s'était fait passer pour un invité parce que l'hôtel possédait une grande piscine en extérieur ; il avait effectué quarante longueurs à côté de ploutocrates russes, d'hommes d'affaires américains et de filles à la plastique totalement refaite. Il était persuadé que les maîtres nageurs l'avaient remarqué, mais personne n'avait osé lui poser de questions. Comment faire de l'exercice autrement, il se le demandait, dans une ville saturée d'embouteillages et par quarante degrés Celsius ?

Il s'assit, comme tous les hommes à cette terrasse, dos au mur pour avoir vue sur le café et la rue. Je lui faisais face et ne pouvant rien voir d'autre, je le regardai. Ryan participait comme moi à la session d'été : de loin, c'était un blond-roux d'une beauté conventionnelle, mais de plus près, on percevait quelque chose de désagréable dans son apparence comme s'il était constitué d'éléments disparates si bien que les différentes parties de son anatomie manquaient d'harmonie. Il avait de grandes dents blanches toujours plus ou moins visibles, un corps souple quelque part entre le muscle et la graisse, mais sa tête était petite et étroite, avec une chevelure clairsemée presque incolore qui poussait en épis au-dessus de son front et des cils invisibles à présent cachés sous des lunettes de soleil. Ses sourcils, en revanche, étaient farouches, noirs et droits. Quand la serveuse apparut, il retira ses lunettes et je pus voir ses yeux, deux petits jetons bleu vif dans des blancs légèrement rougis. Le contour de ses yeux aussi était rouge, comme enflammé, ou comme si le soleil l'avait roussi. Il demanda à la jeune femme si elle avait de la bière sans alcool et elle se pencha vers lui la main en coupe au niveau d'une oreille, sans comprendre. Ryan saisit le menu pour qu'ils l'examinent ensemble.

« Certaines de ces bières, articula-t-il lentement en passant un doigt tutélaire sur la liste et en levant souvent les yeux vers elle, sont-elles sans alcool ? »

La serveuse se pencha encore un peu plus, scrutant le point que désignait l'index tandis que le regard de Ryan se fixait sur cette belle jeune femme avec de longues boucles de cheveux qui lui encadraient le visage et qu'elle n'arrêtait pas de repousser derrière ses oreilles. Parce qu'il montrait quelque chose qui ne se trouvait pas là, elle resta longtemps perplexe, puis déclara qu'elle allait chercher son patron, sur quoi, Ryan referma le menu comme un professeur à la fin de la leçon et lui dit de ne pas se déranger, il prendrait une bière ordinaire finalement. Ce revirement ne fit qu'augmenter son trouble : le menu fut de nouveau ouvert, la leçon répétée et mon attention, elle, dériva vers les clients attablés autour de nous et la rue où circulaient les voitures et où les chiens formaient des tas de poils dans la lumière aveuglante.

« Elle m'a servi ce matin, annonça Ryan après le départ de la serveuse. La même fille. Elles sont belles, non ? Dommage qu'elle n'ait pas eu de bière sans alcool, tout de même. Chez nous, ça se trouve partout. »

Il m'expliqua qu'il essayait de diminuer sa consommation d'alcool de manière significative ; depuis un an, il se préoccupait beaucoup de sa santé, se rendait à la salle de sport tous les jours et mangeait de la salade. Il s'était un peu laissé aller à la naissance des enfants et, en Irlande, avoir un mode de vie sain n'était pas évident ; toute la culture du pays militait contre. Plus jeune, il était obèse comme beaucoup de gens de Tralee, dont ses parents et son frère aîné qui considéraient encore que les frites entraient dans les cinq fruits et légumes à consommer par jour. Il souffrait également d'un certain nombre d'allergies, d'eczéma et d'asthme que le régime alimentaire familial ne devait pas beaucoup aider à combattre. À l'école, il lui fallait porter un short avec des chaussettes en laine qui lui montaient aux genoux et irritaient d'autant plus son eczéma. Il se souvenait encore que, quand il les enlevait au moment de se coucher, la moitié de la peau de ses mollets venait avec. Aujourd'hui, bien sûr, on l'aurait emmené illico chez un dermato ou un homéopathe, mais, à l'époque, tu n'avais qu'à t'y faire. Quand il avait des difficultés à respirer, ses parents l'installaient dans la voiture. Quant au surpoids, dit-il, on se voyait rarement nu, soi ou les autres, d'ailleurs. Il se rappelait cette impression d'être séparé de son propre corps tandis qu'il s'épuisait dans l'atmosphère humide et débarrassée de spores de la maison ; les poumons pris, la peau qui le démangeait, les artères gavées de sucre et de graisse, la chair tremblotante enveloppée dans des vêtements inconfortables. Adolescent, il était timide, sédentaire et dissimulait son corps au maximum. Puis il passa un an aux États-Unis pour suivre un séminaire de création littéraire et il découvrit qu'avec de la volonté, on pouvait complètement modifier son apparence. Le campus possédait une piscine et une salle de sport ainsi qu'une cafétéria qui proposait des produits dont il n'avait jamais entendu parler – des choux de Bruxelles, des aliments complets ou, encore, du soja ; d'autre part, il était entouré de gens qui vouaient un culte au corps et à sa transformation. Il adopta aussitôt l'idée : il pouvait décider de son apparence. La prédestination n'existait pas ; ce sentiment d'être gouverné par le destin ou la fatalité qui avait pesé sur son existence tel un drap mortuaire, il s'apercevait enfin qu'il pouvait le laisser derrière lui, en Irlande. La première fois où il se rendit à la salle de sport, il vit une très belle jeune femme faire des exercices sur une machine tout en lisant un gros livre de philosophie posé sur un pupitre devant elle ;

il en crut à peine ses yeux. Il découvrit que toutes les machines étaient équipées de ces pupitres. La machine en question permettait de faire du *step*, c'est-à-dire de monter des marches sur place : il n'utilisa plus qu'elle, et toujours avec un livre sous les yeux, car l'image de la jeune femme – qu'à sa plus grande déception, il ne revit jamais – s'était fixée dans son esprit. Au cours de cette année, il dut monter des kilomètres de marches sans se déplacer et ce fut l'autre image qu'il intégra, celle d'un escalier imaginaire qu'il grimpait à l'infini avec un livre suspendu devant lui comme une carotte devant un âne. C'est en gravissant cet escalier qu'il quitterait le lieu de ses origines.

Ce séjour nord-américain fut plus qu'une aubaine, dit-il : il représenta un tournant décisif dans son existence et il préférait ne pas imaginer ce qu'il serait devenu ou ce qu'il aurait fait sans cela. Un enseignant en lettres qui suivait son travail à la fac lui avait parlé de ce cours d'écriture littéraire et l'avait encouragé à se porter candidat. Quand la lettre arriva, il avait terminé son cursus universitaire et était rentré à Tralee où il avait réintégré le giron parental, il travaillait dans une usine de transformation de poulets et vivait une histoire avec une femme beaucoup plus âgée que lui, une mère de deux enfants qui, manifestement, l'imaginait déjà en père de substitution. Dans cette lettre, on lui proposait une bourse, suite au bout de texte qu'il avait soumis, avec une deuxième année prépayée s'il souhaitait obtenir un diplôme d'enseignant dans la foulée. Quarante-huit heures plus tard, il était à bord d'un avion, chargé de quelques livres et des vêtements qu'il avait sur le dos, quittant les Îles britanniques pour la première fois de sa vie, sans bien savoir où il allait sinon qu'au-dessus des nuages, il avait l'impression d'être au paradis.

Il s'avéra, poursuivit-il, que son frère aîné partit lui aussi pour les États-Unis plus ou moins au même moment. Son frère et lui n'avaient jamais eu grand-chose à se dire et, sur le coup, il était à peine au courant des projets de Kevin, mais il y voyait à présent une sacrée coïncidence, même si Kevin n'avait pas eu autant de chance que lui. Il avait intégré les marines et pendant que Ryan s'exerçait sur son *step*, lui perdait le gras de Tralee à l'entraînement militaire. Il aurait tout aussi bien pu habiter juste à côté, pour ce qu'en savait Ryan, même si le pays est vaste et que c'eût été peu probable. Sans rappeler, évidemment, que l'armée induit beaucoup de voyages, ajouta Ryan avec candeur. Par une autre coïncidence, c'est en même temps que les deux frères rentrèrent en Irlande trois ans plus tard et se croisèrent dans le salon de leurs parents, tous deux minces et en pleine forme physique ; Ryan avec un diplôme d'enseignant, un contrat d'auteur et une petite amie ballerine, Kevin avec un corps grotesquement tatoué et une santé mentale si fragile qu'il ne pourrait jamais plus mener une vie normale. Apparemment, l'escalier imaginaire pouvait aussi bien descendre que monter : de fait, Ryan et son frère appartenaient désormais à deux classes sociales différentes et pendant que Ryan s'installait à Dublin où il avait obtenu un poste d'enseignant, Kevin retournait à la chambre humide de leur enfance qu'il ne quittait plus que pour d'occasionnels séjours en institution psychiatrique. Le plus fascinant, expliqua Ryan, est que leurs parents n'étaient pas plus fiers des réussites de Ryan qu'ils n'acceptaient la responsabilité de l'effondrement de Kevin. Ils tentaient bien de se débarrasser de ce dernier en essayant de le faire interner de manière permanente, mais on leur renvoyait toujours cette éternelle brebis galeuse. D'un autre côté, ils se montraient plutôt méprisants à l'égard de Ryan, l'écrivain maître de conférences qui vivait à présent dans une belle maison à Dublin et n'allait pas tarder à se marier, non pas avec la danseuse mais avec une fille du pays, une amie de fac de l'époque précédant son séjour aux États-Unis. De tout cela, Ryan avait retenu que les échecs ne cessent de nous revenir à la figure tandis qu'il faut sans cesse se convaincre de nos succès.

Ses petits yeux bleus se posèrent sur la jeune serveuse qui traversait l'ombre du café avec nos boissons.

« Prenons la fuite ensemble », lui dit-il pendant qu'elle déposait son verre sur la table. Je crus qu'elle l'avait entendu, mais il avait évalué son ton de voix avec précision : sa contenance aussi superbe que celle d'une statue ne vacilla aucunement. « Quel peuple », dit-il en la suivant du regard alors qu'elle s'éloignait. Il me demanda si je connaissais le pays et je répondis que j'avais passé des vacances d'un genre tragique à Athènes avec mes enfants trois ans plus tôt.

« C'est un peuple magnifique », répéta-t-il. Au bout d'un moment, il ajouta que, à son avis, cela s'expliquait facilement par le climat, le mode de vie et, bien sûr, le régime alimentaire. Regarde les Irlandais, des siècles de pluie et de pommes de terre pourries. Son combat intérieur, cette chair contaminée, ne l'avait jamais laissé en paix ; il était si difficile de se sentir sain en Irlande comme il l'avait ressenti en Amérique ou ici. Je lui demandai pourquoi il était rentré au pays et il me dit que les raisons étaient légion, même si aucune n'était plus valable qu'une autre. Mais, additionnées, elles avaient pesé suffisamment dans la balance pour le pousser à rentrer. À vrai dire, l'une d'elles était ce qu'il avait le plus apprécié aux États-Unis au début : là-bas, les gens ne venaient de nulle part. Bien sûr, dit-il, ils venaient forcément de quelque part, mais il n'y avait pas là-bas ce sentiment que votre ville natale vous attendait pour célébrer votre retour, pas plus que cette impression de déterminisme dont il s'était miraculeusement départi en s'élevant pour la première fois au-dessus des nuages. Toutefois, les autres étudiants firent grand cas de ses racines irlandaises, dit-il : du coup, il en joua, prit l'accent et le reste jusqu'à se convaincre ou presque qu'être irlandais était une identité en soi. Et après tout, quelle autre identité avait-il ? Il redoutait un peu cette idée de ne venir de nulle part ; peu à peu, il ne vit plus ses origines comme une malédiction mais comme une bénédiction, renoua presque avec ce bon vieux concept de déterminisme ou du moins, le considéra sous un jour différent. L'écriture transmua cette douleur – l'Irlande était la structure qu'il lui fallait, son passé à Tralee, la structure qu'il cherchait. Il s'aperçut soudain qu'il ne supporterait sans doute pas l'anonymat fondamental de l'Amérique. Pour être franc, il n'était pas l'étudiant le plus talentueux du séminaire – il l'admettait sans problème – et, d'après lui, cela était dû à cet anonymat avec lequel ses pairs devaient se débattre et pas lui. Ça fait de toi un meilleur écrivain, non, de ne pas pouvoir te replier sur une identité : il y a moins de filtres entre le monde et toi. Quant à lui, il était plus irlandais aux États-Unis qu'il ne l'avait jamais été dans son pays.

Il commença à voir Dublin avec son imagination d'enfant, avec ses profs en toge voguant à travers les rues de la ville sur leurs vélos tels des cygnes noirs. Était-ce lui-même qu'il avait vu toutes ces années ? Un cygne noir, flottant dans la cité protégée, libre dans l'enceinte de ses murs ; une liberté différente de celle des Américains, vaste, plate et aussi illimitée que les grandes prairies. Il revint couronné d'une gloire modérée avec son boulot d'enseignant, sa danseuse et son contrat d'édition. La danseuse rentra chez elle six mois plus tard, et le livre – un recueil de nouvelles qui connut un succès d'estime – reste à ce jour son seul ouvrage publié. Nancy et lui sont toujours en contact : ils se sont justement parlé sur Facebook l'autre jour. Elle ne danse plus – elle est devenue psychothérapeute, et, pour être honnête, elle est un peu frappée. Elle vit avec sa mère dans un appartement à New York, et elle a beau avoir quarante ans, Ryan ne se remet pas qu'elle ait si peu changé, qu'elle soit à ce point restée la même personne qu'à vingt-trois ans. Tandis que lui a changé du tout au tout entre sa femme, ses enfants et la maison à Dublin. Quand il pense à elle, il la trouve rabougrie, même s'il sait que ce n'est pas gentil. Elle lui demande toujours s'il a écrit un nouveau livre et il aimerait lui demander – ce qu'il ne fera jamais, bien sûr – si elle a enfin une vie.

Quant au recueil de nouvelles, il l'aimait encore, en relisait des extraits à l'occasion. Certains textes apparaissaient dans des anthologies de loin en loin ; peu de temps auparavant, son agent avait vendu les droits de traduction à une maison d'édition albanaise. Mais cela revenait un peu à regarder de vieilles photos de soi. Il fallait mettre le fichier à jour parce qu'on avait perdu contact avec ce qu'on était. Il ne savait pas trop comment c'était arrivé ; la seule certitude : il ne se reconnaissait plus dans ces histoires, même s'il se souvient de cette espèce d'explosion intérieure quand il les écrivait, quelque chose qui gonflait en lui et voulait absolument naître. Il n'a plus ressenti cela depuis ; il se dit que, pour rester écrivain, il faudrait déjà qu'il en soit un à nouveau, alors qu'il serait peut-être plus simple de se faire astronaute ou agriculteur. C'était comme s'il ne se souvenait plus de ce qui, au début, toutes ces années plus tôt, l'avait poussé vers les mots, et pourtant, il travaillait toujours avec eux. J'imagine que c'est un peu comme le mariage, dit-il. On bâtit une structure entière sur une période d'intensité qui ne se répétera jamais. C'est ce qui fonde ta croyance et parfois tu doutes, mais tu n'y renonces jamais parce qu'une trop grande partie de ta vie repose sur ce socle. Même s'il y a des fois où la tentation est extrême, ajouta-t-il au moment où la jeune serveuse passait souplement devant notre table. Je dus prendre un air désapprobateur parce qu'il dit :

« Ma femme reluque les mecs quand elle sort avec ses copines. Je serais déçu qu'elle ne le fasse pas. Fais-toi plaisir, je lui dis. Vois ce que le monde peut offrir. Et elle me dit la même chose – sens-toi libre de regarder d'autres femmes. »

Je me souvins alors d'une soirée dans un bar, il y a quelques années, avec un groupe de gens dont un couple marié que je ne connaissais pas. L'épouse n'arrêtait pas de désigner toutes les belles filles à l'horizon et d'attirer l'attention de son mari sur elles ; ils discutaient des attributs de chacune et si je n'avais pas aperçu cette grimace de désespoir sur le visage de l'épouse dans un moment où elle pensait que personne ne la voyait, j'aurais cru que cette activité les amusait tous les deux.

Sa femme et lui formaient une bonne équipe, dit Ryan. Ils se partageaient les tâches ménagères et l'éducation des enfants – sa femme n'était pas une martyre, comme l'avait été sa mère. Elle partait en vacances de son côté avec ses copines et attendait de lui qu'il s'occupe de tout pendant son absence : lorsqu'ils s'accordèrent mutuellement certaines libertés, ils présupposèrent qu'elles seraient réciproques. Ça paraît un peu calculé, concéda Ryan, mais ça ne me pose pas de problème. S'occuper d'un foyer, c'est un peu comme faire tourner une entreprise. Pour que ça fonctionne sur la durée, autant que toutes les parties disent clairement de quoi elles vont avoir besoin dès le début.

Mon téléphone sonna sur la table. C'était un texto de mon fils : *Où est ma raquette de tennis ?* Je ne sais pas pour toi, dit Ryan, mais en fait, je n'ai pas vraiment le temps d'écrire, entre la famille et mon boulot de prof. Surtout l'enseignement – c'est ça qui te pompe le plus d'énergie. Et quand j'arrive à avoir une semaine à moi, je la consacre à donner des cours comme celui-ci, pour de l'argent. S'il s'agit d'un choix entre payer le crédit de la maison et rédiger une nouvelle qui ne verra le jour que dans une minuscule revue littéraire… je sais que pour certaines personnes, à les entendre en tout cas, l'écriture est une nécessité, mais je pense que beaucoup aiment surtout la vie qui va avec, qu'ils aiment dire qu'ils en sont un, d'écrivain. Je ne dis pas que ça ne me plaît pas à moi aussi, mais ce n'est pas non plus l'alpha et l'oméga. Je préférerais écrire un thriller, pour tout te dire. Aller chercher l'argent où il se trouve – un ou deux de mes étudiants, dit-il, ont choisi cette voie, tu sais ; ils ont écrit des livres qui ont fait le tour du monde. Et c'est ma femme qui m'a dit, ce n'est pas toi qui leur as enseigné ça ? De toute évidence, elle ne saisit pas bien ce qu'est le processus créatif, mais quelque part, elle marque un point. Et s'il y a bien une chose dont je suis sûr, c'est que l'écriture découle d'une tension, une tension entre l'intérieur et l'extérieur. Je crois qu'en physique, on parle de tension superficielle – pas mauvais comme titre, non ? Ryan se carra dans sa chaise et regarda pensivement vers la rue. Je me demandai s'il avait déjà choisi *Tension superficielle* comme titre de son thriller. Quoi qu'il en soit, reprit-il, quand je repense aux conditions qui ont provoqué l'écriture de *Retour au pays*, je me rends compte qu'il est inutile de vouloir retrouver ce moment privilégié parce qu'il ne se reproduira pas. Je ne pourrai jamais recréer cette tension particulière en moi : la vie t'envoie dans une direction et toi, tu t'éloignes dans une autre, comme si tu n'acceptais pas ton destin, comme si tu étais en désaccord avec ce que les autres affirment être toi. Toute ton âme est en révolte, dit-il. Il vida son verre de bière d'un trait. Contre quoi je me révolte aujourd'hui ? Trois enfants, un crédit immobilier et un boulot que j'aimerais fréquenter moins souvent, voilà.

Mon téléphone sonna de nouveau. C'était un texto de mon voisin rencontré dans l'avion la veille. Il pensait faire un tour en bateau, disait-il, et voulait savoir si j'aimerais aller nager en mer avec lui. Il pouvait venir me chercher à l'appartement dans une heure environ, et me raccompagner ensuite. J'y réfléchis pendant que Ryan parlait. Ce qui me manque, disait Ryan, c'est la discipline que ça implique. Je crois que peu importe ce que j'écris – je veux seulement retrouver cette synchronisation du corps et de l'esprit, tu vois ce que je veux dire ? Dans le même temps, je vis l'escalier imaginaire s'élever devant lui une fois de plus, s'étirant à perte de vue ; et lui qui le gravissait, un livre attrayant suspendu sous ses yeux. Le périmètre d'ombre avait cédé du terrain et la lumière éblouissante de la rue avançait, si bien que nous étions presque à la limite entre les deux. Le violent impact de la chaleur venait de heurter mon dos ; je déplaçai ma chaise vers la table. Quand tu es en phase comme ça, tu trouves toujours le temps, non ? demanda Ryan. Comme certaines personnes arrivent à dégager du temps pour leur amant ou leur maîtresse. Je veux dire qu'on n'a jamais entendu parler de quelqu'un qui prétend vouloir avoir une liaison mais n'a pas le temps pour ça, si ? Peu importe le degré d'occupation, le nombre d'enfants, les engagements, s'il y a de la passion, tu trouves le temps. Il y a environ deux ans, j'ai obtenu un congé sabbatique de six mois, six mois rien que pour écrire, et tu sais quoi ? J'ai pris cinq kilos et j'ai passé la plupart de ces journées à promener le bébé dans le parc. Je n'ai pas produit une seule page. Voilà ce qu'est l'écriture : tu ménages de la place pour la passion, elle ne se manifeste pas. À la fin, je n'avais qu'une envie, c'était de retourner bosser, juste histoire d'oublier un peu cette vie domestique. Mais j'ai retenu la leçon, aucun doute.

Je jetai un coup d'œil à ma montre : j'avais un quart d'heure de marche pour regagner l'appartement et il fallait que j'y aille. Je me demandai ce que j'avais besoin de prendre pour une virée en mer, s'il ferait chaud ou froid, si je devais emporter un livre. Ryan observait les déplacements de la serveuse qui entrait et sortait de l'ombre, fière et droite, les boucles de ses cheveux ne bougeant pas d'un millimètre. Je rangeai mes affaires dans mon sac et commençai à me lever, ce qui attira l'attention de Ryan. Il tourna la tête vers moi. Et toi, dit-il, tu travailles sur quelque chose en ce moment ?

3

L'appartement appartenait à une femme prénommée Clelia, absente d'Athènes tout l'été. Il était situé dans une rue étroite pareille à un gouffre ombragé où les habitations s'élevaient de part et d'autre. Sur le trottoir d'en face, il y avait un café équipé d'un grand auvent et, en dessous, des tables toujours occupées au moins par quelques personnes. Sur un côté, le café avait une baie vitrée entièrement recouverte par une photo qui représentait justement des gens assis en terrasse, ce qui créait une illusion d'optique très convaincante. On y voyait une femme la tête renversée en train de rire tout en portant une tasse de café à ses lèvres peintes en rouge, face à un homme penché vers elle par-dessus la table, beau et bronzé, les doigts lui effleurant le poignet et affichant le sourire penaud de celui qui vient juste de dire quelque chose d'amusant. Cette photo était la première chose que l'on voyait en sortant de chez Clelia. Sur cette image, les gens étaient un peu plus grands que nature, et chaque fois que je sortais de l'immeuble, le temps d'un instant, ils m'apparaissaient toujours terriblement réels. Les apercevoir mettait momentanément à mal mon rapport à la réalité, si bien que pendant cette fraction de seconde troublante, j'avais l'impression que ces gens étaient plus grands, plus heureux et plus beaux que dans mon souvenir.

L'appartement de Clelia se trouvait au dernier étage de l'immeuble et on y accédait par un escalier courbe en marbre. Il fallait grimper trois volées de marches et passer devant trois portes avant d'atteindre celle de Clelia. En bas, le couloir était plus sombre et plus frais que la rue, mais, à cause des fenêtres sur cour des étages supérieurs, plus on montait, plus la lumière et la chaleur pénétraient à l'intérieur. Devant la porte de Clelia, juste sous les toits, la chaleur – accentuée par l'effort de la montée – était presque étouffante. Pourtant, on y éprouvait également la sensation d'accéder à un lieu intime parce que l'escalier de marbre se terminait là et qu'on ne pouvait aller plus loin. Sur le palier, Clelia avait installé une grande sculpture en bois flotté de forme abstraite, et la présence de cet objet – alors que les paliers des autres étages étaient totalement nus – confirmait que personne ne montait ici si ce n'est Clelia elle-même ou l'une de ses connaissances. En plus de la sculpture, on pouvait admirer une plante qui ressemblait à un cactus dans un pot en terre rouge ainsi qu'un élément de décoration – une amulette constituée de fils bariolés – pendu au heurtoir en étain.

Clelia était écrivain, apparemment, et avait proposé à l'école de loger chez elle les auteurs invités à l'atelier d'écriture, même si elle ne les connaissait pas. À certains détails, il semblait évident que, pour elle, l'écriture était une profession qui méritait le plus haut degré de confiance et de respect. À droite de la cheminée, on accédait au bureau de Clelia par une large ouverture, une pièce carrée meublée d'une grande table en cerisier et d'un fauteuil pivotant en cuir qui tournait le dos à l'unique fenêtre. La pièce contenait, en plus de nombreux livres, plusieurs maquettes de bateaux en bois peint accrochées aux murs. Elles étaient de très belle facture et très élaborées, jusqu'aux rouleaux de corde miniatures et aux minuscules instruments en laiton sur leurs ponts bien poncés. Les plus grandes d'entre elles déployaient des voiles blanches arrangées de manière si complexe pour paraître gonflées qu'on avait effectivement l'impression que le vent soufflait dedans. En y regardant de plus près, on s'apercevait que ces voiles étaient maintenues par une multitude de petits fils, si fins qu'ils en étaient quasi invisibles. Il suffisait de deux pas pour passer de l'imitation du vent dans les voiles à la vue des fils, et je suis sûre que par cette métaphore, Clelia avait cherché à illustrer la relation entre illusion et réalité, même si elle n'avait sans doute pas prévu que ses invités avancent d'un pas supplémentaire, comme je le fis, et tendent la main pour toucher le tissu blanc qui était, de façon inattendue, du papier sec et cassant.

La cuisine de Clelia avait ce côté fonctionnel indiquant clairement qu'elle n'y passait pas beaucoup de temps : l'un des placards ne contenait que des bouteilles de whisky pour initiés, dans un autre étaient rangés des objets plus ou moins inutiles dans leurs emballages d'origine – des appareils à fondue et à raviolis, une poissonnière –, un ou deux d'entre eux étaient complètement vides. Une miette sur le comptoir et des colonnes de fourmis surgissaient de partout, se jetaient dessus comme des affamées. La fenêtre de la cuisine donnait sur des immeubles encombrés de tuyauterie et de linge étendu. La pièce elle-même était plutôt petite et sombre. Pour autant, il ne lui manquait rien d'utile.

Dans le séjour, on découvrait la formidable collection de disques de musique classique de Clelia. Sa chaîne hi-fi se composait d'un certain nombre de mystérieuses boîtes noires dont les lignes épurées et banales ne laissaient absolument pas présager du son qui en sortirait. Clelia avait une préférence pour les symphonies : en fait, elle possédait toutes les symphonies de tous les plus grands compositeurs. Elle rejetait manifestement les compositions qui mettaient en avant la voix ou les solos instrumentaux, il n'y avait que très peu de musique pour piano et quasiment aucun opéra, à l'exception de ceux de Janáček dont Clelia possédait toute l'œuvre opératique en coffret. Je ne crois pas que je pourrais écouter une symphonie après l'autre, pas plus que je ne serais capable de passer un après-midi à lire l'*Encyclopædia Britannica*, et il me vint à l'esprit que, pour Clelia, elles représentaient peut-être la même chose, l'apparition d'une forme d'objectivité lorsque la mise au point se concentre sur la somme des individus plutôt que sur un seul. Peut-être était-ce une forme de discipline, presque d'ascétisme, un bannissement temporaire de l'être et de ses énoncés – quoi qu'il en soit, les symphonies de Clelia rangées par séries prédominaient. Il suffisait d'en jouer une pour que la superficie de l'appartement semble démultipliée et capable d'accueillir tout un ensemble, les cuivres, les cordes et le reste.

Les chambres de Clelia, j'en comptai deux, étaient étonnamment spartiates. Exiguës, comme des boîtes, toutes deux peintes en bleu pâle. Des lits superposés dans l'une, un lit à deux places dans l'autre. À cause des lits superposés, j'étais persuadée que Clelia n'avait pas d'enfants, car leur présence, dans une pièce qui n'avait rien d'une chambre d'enfant, semblait pointer du doigt quelque chose qu'on aurait pu oublier. Ces lits superposés, en d'autres termes, renvoyaient au concept d'enfant plutôt qu'à un enfant particulier. Dans l'autre pièce, un mur entier était occupé par des placards de rangement recouverts de miroirs que je n'ouvris pas.

Au cœur de l'appartement, se trouvait un vaste espace lumineux, un couloir qui distribuait les autres pièces. Posée sur un socle, on pouvait admirer une statue de femme en terre cuite vernissée. Haute de près d'un mètre, elle avait une posture frappante, le visage levé, les bras à moitié tendus, paumes ouvertes et doigts écartés. Elle portait une toge peinte en blanc et son visage était rond et plat. Selon les moments, elle semblait désespérée ou sur le point de parler. À l'occasion, elle paraissait accorder un genre de bénédiction. Son vêtement blanc émettait de la lumière à la tombée de la nuit. Il fallait passer devant elle pour aller d'une pièce à l'autre, et pourtant, il était très facile d'oublier sa présence. Mais cette silhouette blanche aux bras tendus avec son large visage plat et son humeur changeante était toujours un peu étonnante. Contrairement aux gens sur la vitrine du café d'en bas, la femme en terre cuite rendait momentanément la réalité plus petite et profonde, plus intime et difficile à exprimer.

Il y avait aussi une grande terrasse qui courait sur toute la largeur de la façade de l'immeuble. De cette terrasse très au-dessus du trottoir, on voyait les toits environnants avec leurs arêtes brisées, cuites par le soleil, et, dans le lointain, les collines polluées des faubourgs. Elle donnait sur les fenêtres et les terrasses des appartements situés de l'autre côté du gouffre de la rue. Parfois, un visage apparaissait à l'une ou l'autre des fenêtres. À un moment, un homme sortit sur sa terrasse et jeta quelque chose par-dessus la balustrade. Une jeune femme se précipita dehors à sa suite et se pencha pour regarder ce qu'il avait jeté. La terrasse de Clelia était privative et végétalisée, pleine de pots en terre où s'entremêlaient de grosses plantes et de petites lanternes en verre suspendues : en son milieu trônait une longue table en bois cernée par de nombreuses chaises sur lesquelles on imaginait facilement que s'asseyaient les amis et collègues de Clelia au cours de chaudes soirées. Elle était abritée par une énorme vigne où j'aperçus, un matin que j'étais assise à la table, un nid. Il avait été construit dans une fourche au milieu des branches dures et noueuses. Il y avait un oiseau dedans, une colombe gris pâle : chaque fois que je levais les yeux, elle était là. Sa petite tête claire avec ses yeux sombres comme des perles effectuait des mouvements saccadés, mais maintenait sa vigie heure après heure. Soudain, j'entendis un grand remue-ménage de battements d'ailes au-dessus de ma tête, et, en levant les yeux, je la vis se dresser sur ses pattes. Elle tendit le cou par-dessus les frondaisons et jeta un coup d'œil aux toits alentour. Puis, d'un coup d'ailes, elle disparut. Je la contemplai qui volait dans la rue et puis, après avoir décrit un cercle, atterrit sur le toit d'en face. Elle resta là un petit moment, lança un appel, se retourna et regarda l'endroit d'où elle venait. Après ce temps d'observation, elle déploya une fois de plus ses ailes et revint se poser au-dessus de moi, non sans provoquer un nouveau remue-ménage, et reprit son poste.

Je flânai dans l'appartement, examinai les objets. J'ouvris quelques placards et tiroirs. Tout était parfaitement en ordre. Ni désordre ni secret : tout était à sa place, rien ne manquait. Il y avait un tiroir pour les stylos et le papier à lettres, un tiroir pour l'équipement informatique, un tiroir pour les cartes et les guides, un meuble de rangement rempli de papiers bien triés dans des intercalaires. Il y avait un tiroir pour les fournitures de base et un autre pour le scotch et la colle. Il y avait un placard pour les produits de nettoyage et un autre pour les outils. Les tiroirs dans l'antique bureau oriental du salon étaient vides et sentaient la poussière. Je cherchais sans cesse autre chose, une indication, de la matière en train de pourrir ou de proliférer, une couche de mystère ou de chaos ou de honte, mais je ne trouvai rien. Je flânai dans le bureau et touchai les voiles cassantes.

4

Mon voisin mesurait bien une tête de moins que moi, mais faisait le double de ma taille en largeur : l'ayant rencontré assis, il m'avait été difficile d'intégrer ces dimensions à son caractère. Seul son nez pareil à un bec extraordinaire surmonté de ce front haut qui lui donnait l'air un peu interrogateur d'un oiseau de mer, couronné de son plumet de cheveux blancs, me permit de le resituer. Mais même là, il me fallut un moment pour le reconnaître, debout dans l'ombre d'une entrée en face de mon immeuble, vêtu d'un bermuda couleur chamois et d'une chemise à carreaux rouges parfaitement repassée. L'or brillait à différents endroits de sa personne, une grosse chevalière au petit doigt, une montre imposante, des lunettes accrochées à une chaîne en or autour du cou et jusqu'à l'éclat d'une dent quand il souriait, le tout des plus ostentatoires alors que je n'avais rien remarqué lors de notre conversation dans l'avion la veille. Cette rencontre avait été, dans un sens, immatérielle : au-dessus du monde, les objets ne comptent pas autant, les différences s'estompent. La réalité matérielle de mon voisin qui là-haut m'avait semblé si inconsistante se concrétisait ici-bas et me le rendait par conséquent plus étranger, comme si le contexte était aussi une sorte de prison.

J'étais persuadée qu'il m'avait vue le premier, mais qu'il avait attendu que je lui fasse signe pour me saluer à son tour. Il semblait nerveux. Il surveillait la rue de tous les côtés, jetait des regards à un marchand de fruits qui criait de temps en temps près d'un chariot couvert d'un tas de pêches, de fraises et de quartiers de pastèque qui paraissaient sourire dans la chaleur. Son visage prit une expression d'heureuse surprise quand je traversai la rue pour aller à sa rencontre. Il me déposa un baiser léger, sec et maladroit sur la joue.

« Avez-vous bien dormi ? » demanda-t-il.

Il était presque l'heure du déjeuner et j'étais sortie toute la matinée, mais de toute évidence, il souhaitait créer une sphère intime où nos relations étaient continues et où rien ne m'était arrivé depuis qu'il m'avait dit au revoir à la station de taxis la veille au soir. À vrai dire, je n'avais pas bien dormi dans la petite chambre bleue. Un tableau accroché en face du lit représentait un homme coiffé d'un chapeau en feutre mou qui riait, la tête renversée. Aucun trait ne définissait son visage en dehors d'un ovale blanc et du vide de sa bouche au milieu. J'attendais sans cesse que ses yeux et son nez apparaissent alors que la lumière gagnait du terrain dans la chambre, mais il ne se passa rien.

La voiture de mon voisin était garée juste au coin de la rue et après une hésitation, il posa une main au bas de mon dos pour me guider. Il avait de très grandes mains comme des serres, couvertes de poils blancs. Il craignait, dit-il, que sa voiture ne me déplaise. Il avait pensé tout à coup que j'imaginais peut-être quelque chose de bien plus impressionnant, et cela le gênait : les voitures ne l'intéressaient guère. Le genre de véhicule qu'il possédait était surtout adapté à la conduite dans Athènes. Mais on ne sait jamais, dit-il, ce à quoi s'attendent les gens ; il espérait que je ne serais pas déçue, c'est tout. On monta dans une petite voiture propre et plutôt banale. Le bateau, expliqua-t-il, mouillait à environ quarante minutes de là le long de la côte. Autrefois, il l'amarrait dans un port de plaisance plus proche de la ville, mais l'emplacement lui coûtait très cher de sorte que deux ans plus tôt, il avait décidé de l'installer ailleurs. Je lui demandai où se trouvait sa maison par rapport au centre-ville. Il fit un geste vague vers la vitre et répondit qu'elle était à plus ou moins une demi-heure dans cette direction.

Nous roulions sur la grande avenue à six voies qui traverse Athènes et où la circulation, le bruit et la chaleur ne diminuent jamais. Les vitres étaient grandes ouvertes et mon voisin conduisait avec une main sur le volant tandis que l'autre était posée sur le rebord de la portière si bien que la manche de sa chemise claquait dans le vent. C'était un conducteur fantasque, passant d'une voie à l'autre et quittant la route des yeux quand il parlait au point que l'arrière des autres véhicules fonçait vers notre pare-chocs avant qu'il ne les remarque. Effrayée, je restai muette et fixai mon regard sur les parkings et les bas-côtés poussiéreux qui avaient remplacé les immeubles reluisants du centre. Nous traversâmes un rond-point dans un concert de klaxons et de bruits de moteurs, le soleil martelant le pare-brise et l'odeur d'essence, de goudron et d'égout se déversant par les vitres baissées ; pendant un moment, on roula à côté d'un homme en scooter avec un garçonnet de cinq ou six ans assis derrière lui. Le garçon avait les bras enroulés autour de la taille de l'homme. Il avait l'air si petit et vulnérable entre les voitures, les palissades métalliques et les camions énormes débordants de détritus à quelques centimètres de son corps. Il ne portait qu'un short, un gilet et des tongs aux pieds, et, par la vitre, je voyais ses membres tendres et bronzés que rien ne protégeait, ses cheveux châtains soyeux aux reflets dorés qui ondulaient dans le vent. Puis la route amorça un virage qui redescendait vers la mer d'un bleu éclatant, au-delà d'une brousse couleur kaki, dénaturée par de petits immeubles abandonnés, des chaussées inachevées et autres squelettes de maisons où des arbres rachitiques poussaient à travers les fenêtres béantes.

Je me suis marié trois fois, me dit mon voisin alors que la petite voiture filait sur la colline vers l'eau scintillante. Il se souvenait bien, ajouta-t-il, que la veille, il n'en avait mentionné que deux, mais ce matin, il avait fait le vœu de m'offrir un récit honnête des choses. Il avait connu trois mariages et trois divorces. Je suis un vrai désastre, dit-il. Je réfléchissais à une réponse quand il reprit la parole et dit qu'il voulait aussi me parler de son fils qui vivait à présent dans la demeure familiale sur l'île et ne se portait pas très bien. Il souffrait de crises d'angoisse terribles et avait passé la matinée à l'appeler. Il y aurait sûrement d'autres appels durant les quelques heures à venir et même s'il n'avait pas envie de décrocher, il le ferait, car il s'en sentait obligé. Je lui demandai quel était le problème et son visage d'oiseau s'assombrit. La schizophrénie m'était-elle familière ? C'était la maladie de son fils. Elle s'était déclarée quand il avait une vingtaine d'années, après l'université. Il avait été hospitalisé plusieurs fois au cours des dix dernières années, mais pour un certain nombre de raisons trop compliquées à expliquer, c'était mon voisin qui s'occupait de lui à présent. Du moment que son fils n'avait pas d'argent à disposition, mon voisin le jugeait en sécurité sur l'île. Là-bas, les gens avaient de l'empathie et estimaient encore assez la famille pour tolérer certaines petites difficultés, même si elles commençaient à s'accumuler. Quelques jours plus tôt, il avait eu une crise plus violente, aussi mon voisin avait-il dû demander au jeune homme qu'il employait pour tenir compagnie à son fils de le retenir à l'intérieur de la maison. Son fils ne supportait pas d'être enfermé, d'où les coups de téléphone intempestifs, et quand ce n'était pas son fils, c'était son homme de compagnie qui trouvait que cette tâche était hors contrat et voulait renégocier son salaire.

Je lui demandai s'il s'agissait du garçon que sa deuxième épouse avait enfermé dans la cave et il répondit que oui. Il avait été un enfant doux, mais durant ses études en Angleterre, il était tombé dans la drogue. Il n'obtint pas son diplôme, se marginalisa et, à son retour en Grèce, on fit différentes tentatives pour lui trouver du travail. Il vivait avec sa mère dans la grande propriété à l'extérieur d'Athènes qu'elle partageait avec son prof de ski et mon voisin était persuadé qu'elle avait vécu cette période comme une épreuve et un frein à sa liberté, alors que la santé de leur fils se détériorait de jour en jour ; le premier geste de cette femme fut de le faire interner sans même consulter son ex-mari, ce qui était pour le moins autoritaire. Le garçon dut prendre des médicaments qui le firent tellement grossir et le rendirent si apathique que, à tout dire, il se transforma en légume ; puis sa mère quitta Athènes avec son mari pour regagner leur résidence alpine comme tous les ans. Cela remontait désormais à plusieurs années, mais depuis, la situation n'avait pas fondamentalement changé. Sa mère n'avait que faire de lui : si son père choisissait de le sortir de l'hôpital pour qu'il affronte la vie à l'extérieur, elle s'en lavait les mains.

J'exprimai alors ma surprise car sa première femme, que mon voisin avait semblé idéaliser la veille, apparaissait désormais sous un jour très froid. Cela ne correspondait pas bien à l'idée que je m'étais faite de son caractère. Il réfléchit, puis déclara que, effectivement, elle n'était pas comme ça durant leur mariage : elle avait changé, n'était plus celle qu'il avait connue. Quand il parlait d'elle avec affection, c'était à l'ancienne version qu'il faisait référence. Mais pour moi, les gens ne pouvaient pas changer de manière si radicale, évoluer moralement de façon si incohérente ; je croyais plutôt qu'un aspect de leur personnalité avait attendu les circonstances favorables pour émerger. D'après moi encore, la plupart d'entre nous ignorons si nous sommes bons ou mauvais et nous n'aurons jamais assez d'occasions pour le découvrir. Il dut y avoir des moments où il avait entraperçu – même brièvement – ce qu'elle allait devenir. Non, dit-il, pas dans son souvenir : elle avait toujours été une mère formidable qui faisait passer ses enfants avant le reste. Leur fille avait réussi sur tous les plans après avoir obtenu une bourse pour Harvard ; ensuite, une entreprise de logiciels l'avait débauchée et elle vivait à présent dans la Silicon Valley, une région dont j'avais certainement entendu parler. Je répondis que oui, même si j'avais toujours eu du mal à l'imaginer ; j'étais incapable d'en distinguer la part virtuelle de la part réelle ; lui-même s'y était-il rendu ? Il m'avoua que non. Il n'avait jamais approché cette région du monde, et, du reste, il craindrait trop de laisser son fils seul durant le temps qu'exigerait un tel voyage. Il n'avait donc pas vu sa fille depuis plusieurs années et elle-même n'était pas revenue en Grèce. Apparemment, le succès vous éloigne de ce que vous connaissez, dit-il, tandis que l'échec vous y condamne. Je lui demandai si elle avait des enfants, il répondit que non. Elle avait une relation – comment vous appelleriez ça ? – avec une autre femme, sinon, elle ne vivait que pour son travail.

En y repensant, dit-il, peut-être que sa femme était une espèce de perfectionniste. Après tout, il n'avait fallu qu'une dispute pour mettre un terme à leur mariage : l'indice de ce qu'elle allait devenir se trouvait sans doute dans son incapacité à tolérer l'échec. Après leur séparation, dit-il, elle s'était immédiatement mise en ménage avec un homme célèbre et très riche, un armateur parent d'Onassis : il était beau, possédait une fortune fabuleuse et c'était un ami de son père mais mon voisin n'avait jamais su pourquoi leur histoire n'avait pas duré ; il avait pourtant l'impression que cet homme incarnait tout ce qu'elle avait toujours désiré. En revanche, ce choix d'un beau milliardaire lui avait permis de comprendre l'échec de son propre mariage ; face à un tel adversaire, il acceptait mieux sa défaite. À l'inverse, Kurt le moniteur de ski était quant à lui déroutant, un homme sans charme ni argent qui ne prenait vie que quelques mois par an quand les sommets se couvraient de neige ; un homme aux convictions religieuses fanatiques auxquelles il soumettait apparemment sa femme et les enfants – quand ces derniers séjournaient chez lui. Les enfants racontaient qu'on leur imposait le silence et la prière, qu'on les obligeait à rester à table – des heures si nécessaire – jusqu'à ce qu'ils aient avalé tout ce qui se trouvait dans leurs assiettes, qu'ils devaient l'appeler « père » et n'avaient pas le droit de jouer ni de regarder la télévision le dimanche. Une fois, mon voisin avait eu la témérité de demander à son ex-femme ce qu'elle trouvait à Kurt et elle avait répondu, il est tout le contraire de toi.

Nous longions la mer, les plages miteuses où des familles pique-niquaient avant d'aller nager, les échoppes en bord de route qui vendaient des parasols, des masques et des maillots de bain. Mon voisin m'informa que nous étions presque arrivés ; il espérait que je n'avais pas trouvé le trajet trop long. Il devait préciser, dit-il, au cas où je m'imaginerais quelque chose de grandiose, que son bateau était plutôt petit ; il le possédait depuis vingt-cinq ans et, dans la tempête, l'embarcation était solide comme le roc, mais elle était de dimension modeste. Une petite cabine permettait à une personne, « ou deux, ajouta-t-il, s'ils sont très amoureux », d'y passer la nuit confortablement. Il y dormait souvent lui-même quand, à certaines périodes de l'année, il se rendait sur l'île avec, ce qui représentait une traversée de trois ou quatre jours. D'une certaine manière, c'était son ermitage, son lieu de solitude ; il prenait le large, puis jetait l'ancre et se retrouvait seul avec lui-même.

Enfin nous arrivâmes en vue du port de plaisance et mon voisin quitta la route avant de se garer près d'un ponton en bois où des rangées de navires étaient amarrés. Il me demanda d'attendre là pendant qu'il allait faire quelques provisions. Par ailleurs, précisa-t-il, il n'y avait pas de toilettes sur le bateau et je devais donc prendre mes dispositions avant d'appareiller. Je le regardai remonter vers la route et allai m'asseoir sur un banc au soleil. Les navires oscillaient dans l'eau étincelante. Au loin, j'apercevais la silhouette claire et crénelée de la côte ainsi qu'un chapelet de cailloux et d'îlots disséminés sur la baie. Il faisait plus frais qu'en ville. La brise soufflait dans un bruit de frottement sec à travers la végétation qui poussait par touffes enchevêtrées entre la mer et la route. J'observai les bateaux en me demandant lequel appartenait à mon voisin. Ils se ressemblaient tous plus ou moins. Des gens s'affairaient autour, des hommes de l'âge de mon voisin, surtout, qui allaient et venaient sur le ponton en mocassins ou s'occupaient de leurs navires, leurs poitrines grisonnantes nues sous le soleil. Certains me lancèrent un regard, bouche ouverte, leurs grands bras noueux ballants le long de leurs corps. Je sortis mon téléphone et composai le numéro de ma banque en Angleterre censée gérer ma demande d'allongement de crédit lancée juste avant mon départ pour Athènes. La femme qui s'en occupait s'appelait Lydia. Elle m'avait dit de l'appeler le lendemain, mais, à chaque tentative, je tombais sur son répondeur. Le message annonçait qu'elle était en vacances jusqu'à une date pourtant passée, ce qui me laissait croire qu'elle consultait rarement sa boîte vocale. Assise sur le banc, j'entendis une fois de plus le message d'absence mais, cette fois – peut-être parce que je n'avais rien d'autre à faire –, je lui en laissai un moi aussi, disant que je l'appelais comme convenu et lui demandais de me rappeler. Après cet exercice apparemment vain, je regardai autour de moi et vis mon voisin revenir avec un sac en plastique. Il me demanda de le porter pour lui le temps qu'il prépare le bateau, puis remonta le ponton avant de se mettre à genoux pour saisir une corde immergée et tirer l'embarcation vers lui. C'était un bateau blanc avec un bardage en bois et un pare-soleil bleu vif. À l'avant je remarquai une barre en forme de roue recouverte d'une housse de cuir noir et un banc garni d'un matelas à l'arrière. Quand le bateau fut assez proche, mon voisin sauta lourdement dessus et tendit la main pour prendre le sac en plastique. Il commença par mettre un peu d'ordre puis tendit de nouveau la main pour m'aider à monter. Je fus surprise de découvrir que je manquais d'équilibre dans cet exercice. Je pris place sur le banc pendant qu'il retirait la housse de la barre, abaissait le moteur dans l'eau et nouait et dénouait un grand nombre de cordes, puis il démarra le moteur qui émit un grondement sous l'eau et le bateau recula lentement dans le port de plaisance.

On naviguerait un moment, lança mon voisin par-dessus le bruit du moteur, et quand on arriverait au coin agréable qu'il connaissait, on s'arrêterait pour nager. Il avait retiré sa chemise, et son dos nu me faisait face pendant qu'il manœuvrait. Il était très large et bien en chair, tanné comme un cuir par le soleil et par l'âge, et parsemé de grains de beauté, de cicatrices et de touffes de poils gris. En le regardant, je fus saisie d'une tristesse teintée de confusion comme si son dos était un pays étranger où je m'étais perdue ; ou plutôt que perdue, exilée, car le sentiment que j'éprouvais n'était pas amoindri par l'espoir de tomber sur un élément qui me serait familier. Son dos vieilli semblait nous abandonner chacun à nos passés immuables et distincts. Soudain je pensais que d'aucuns me croiraient idiote de partir seule sur un bateau avec un inconnu. Mais l'avis des autres ne m'était plus d'aucune aide. Ces idées n'existaient que dans certaines structures, et j'avais mis ces structures derrière moi une bonne fois pour toutes.

Nous étions à présent au large et mon voisin changea de vitesse, si bien que le bateau fit un bond en avant d'une telle violence que je faillis passer par-dessus bord, ce qu'il ne remarqua même pas. Le bruit tonitruant du moteur supplanta les autres sons et le décor. Je m'agrippai à la main courante qui filait sur un côté et tins bon tandis que nous foncions à travers la baie, la proue heurtant régulièrement l'eau et de grandes gerbes s'élevant autour du bateau. J'étais en colère qu'il ne m'ait pas prévenue de ce qui allait arriver. Je ne pouvais ni bouger ni parler : je ne pouvais que m'accrocher, les cheveux dressés sur la tête, le visage de plus en plus figé sous la pression du vent. Le bateau tapait sur la surface de l'eau et la vue du dos de mon voisin ne faisait qu'exacerber ma colère. Le maintien de ses épaules montrait qu'il avait conscience de son image : c'était une performance, de la fanfaronnade. Pas une fois il ne jeta un regard vers moi car c'est dans les moments où ils font étalage de leur pouvoir que les gens sont le moins attentifs aux autres. Je me demandai ce qu'il aurait ressenti si, une fois à destination, il avait découvert que j'avais disparu ; je l'imaginai raconter sa dernière négligence en date à la prochaine femme qu'il rencontrerait dans un avion. Elle me harcelait pour aller faire une virée en mer, dirait-il, alors qu'elle ne connaissait rien à la navigation. Pour être parfaitement honnête, dirait-il, ce fut un parfait désastre : elle est tombée à l'eau et maintenant je suis très triste.

Le bruit du moteur retomba enfin ; le bateau ralentit, et vogua nonchalamment vers une petite île qui se dressait abruptement dans la mer. Le téléphone de mon voisin sonna et il regarda l'écran d'un air interrogateur avant de répondre. Il conversa dans un grec mélodieux en arpentant le petit pont tout en rétablissant le cap d'un doigt à l'occasion. Je vis que nous approchions d'une crique à l'eau transparente où beaucoup d'oiseaux de mer étaient perchés sur les promontoires rocheux, la mer scintillante faisait des tourbillons avant de se retirer d'une minuscule langue de sable. L'île était trop petite pour abriter le moindre humain : elle était vierge et déserte, à l'exception des oiseaux. J'attendis que mon voisin raccroche, ce qui prit un temps considérable. Enfin, la conversation s'acheva. C'était une connaissance à qui je n'avais pas parlé depuis des années, expliqua-t-il – en fait, j'étais très surpris qu'elle m'appelle. Il garda le silence un moment, un doigt sur la barre, le visage sombre. Elle vient juste d'apprendre le décès de mon frère, dit-il, et elle voulait m'offrir ses condoléances. Je lui demandai quand était mort son frère. Oh, il y a quatre ou cinq ans, dit-il. Mais cette femme vit aux États-Unis et n'est pas revenue en Grèce depuis longtemps. Elle vient d'arriver, ce qui explique qu'elle ne l'ait appris que maintenant. Son téléphone sonna une fois de plus, et, une fois de plus, il décrocha. Une autre conversation en grec s'ensuivit, assez longue également mais sur un ton plus professionnel. Le travail, annonça-t-il après avoir raccroché en balayant la chose d'un revers de main.

Il laissa le bateau s'arrêter doucement sur l'eau qui clapotait, passa à l'arrière pour ouvrir un compartiment et en sortir une petite ancre qu'il jeta par-dessus bord avec sa chaîne. C'est un bon endroit pour nager, dit-il, si ça vous tente. Je regardai l'ancre sombrer dans l'eau claire. Lorsque le bateau fut bien immobile, mon voisin grimpa sur la poupe et plongea lourdement par le côté. J'en profitai pour m'envelopper dans une serviette et enfiler maladroitement mon maillot de bain. Je plongeai à mon tour et pris la direction opposée, vers la pointe de l'île afin de pouvoir apercevoir la mer qui s'étendait au-delà. Derrière moi, le rivage distant formait une ligne mouvante, pointillée de taches et de minuscules silhouettes. Entre-temps un autre bateau était venu mouiller près du nôtre ; j'apercevais ses propriétaires assis sur le pont et les entendais rire et discuter. C'était une famille avec beaucoup d'enfants en maillots bigarrés qui n'arrêtaient pas de sauter dans l'eau, et de temps en temps la crique renvoyait le faible écho d'un bébé qui pleurait. Mon voisin avait regagné le bateau et debout, la main en visière sur le front, observait ma progression. Cela faisait du bien de nager après être restée assise aussi tendue, après la chaleur d'Athènes et ce temps passé avec des inconnus. L'eau était si claire, calme et fraîche, et la forme de la côte si ancienne et douce, avec la petite île tout près qui ne semblait appartenir à personne. J'avais l'impression de pouvoir nager sur des kilomètres, jusqu'à l'océan : un désir de liberté, une envie soudaine de mouvement qui me tiraillait comme si j'avais un fil attaché à la poitrine. C'était une envie très familière, et j'avais appris que, contrairement à ce que j'imaginais, il ne s'agissait pas d'un appel lancé par un monde plus vaste. Ça n'était qu'un désir d'échapper à ce que j'avais. Cette voie ne menait nulle part si ce n'est à des étendues anonymes en perpétuelle expansion. Je pouvais nager vers le large aussi loin que je le désirais si ce que je voulais était me noyer. Pourtant cet élan, ce désir de liberté m'avait toujours paru séduisant : j'y croyais encore, me semblait-il, même si j'avais la preuve qu'il était illusoire. De retour au bateau, mon voisin déclara qu'il n'aimait pas quand les gens s'éloignaient trop : cela le rendait nerveux ; des hors-bords pouvaient surgir d'un coup, sans prévenir, et les collisions n'étaient pas rares.

Il me proposa un Coca-Cola de la glacière qu'il gardait sur le pont et sortit ensuite une boîte de Kleenex dont il prit une grosse poignée. Il se moucha longuement et méthodiquement tandis que nous regardions la famille sur le bateau d'à côté. Deux petits garçons ainsi qu'une petite fille hurlaient de joie à sauter du bateau et remonter par l'échelle l'un après l'autre, le corps luisant d'eau. Sur le pont, une femme avec un chapeau lisait un livre, près d'elle se trouvait un couffin à l'ombre du pare-soleil. Un homme en pantacourt et lunettes de soleil allait et venait sur le pont, pendu à son téléphone. Les apparences sont maintenant plus déroutantes et douloureuses, dis-je, qu'à tout autre moment de ma vie passée. Comme si j'avais perdu cette faculté particulière qui permet de filtrer les perceptions, mais ne m'en étais rendu compte qu'après l'avoir perdue, comme une fenêtre sans carreau qui ferait rentrer le vent et la pluie. De même, je me sentais exposée par ce que je voyais, décontenancée. Je pensais souvent au chapitre des *Hauts de Hurlevent* où Heathcliff et Cathy, tapis dans l'obscurité du jardin, regardent par les fenêtres du salon des Linton et observent la scène familiale brillamment éclairée qui se joue à l'intérieur. Le plus terrible dans ce passage est la subjectivité des regards : les deux protagonistes voient des choses différentes, Heathcliff ce qu'il redoute et déteste ; Cathy ce qu'elle désire et dont elle se sent privée. Pour autant, ni l'un ni l'autre ne voient les choses telles qu'elles sont vraiment. De même que je commençais à voir mes peurs et mes désirs se manifester hors de moi, à reconnaître dans la vie des autres un commentaire de la mienne. Quand j'observais la famille sur le bateau, je voyais ce que je n'avais plus : ce qui n'était plus là, en d'autres termes. Ces gens vivaient dans leur présent alors que, de mon côté, je ne pouvais pas plus retourner à ce présent que je ne pouvais marcher sur l'eau qui me séparait de cette famille. De ces deux modes de vie – dans le présent et en dehors –, quel est le plus réel ?

Sa famille valorisait énormément les apparences, répondit mon voisin, mais il avait appris – peut-être irrémédiablement – à y voir un mécanisme de trahison et de travestissement. Et pour des raisons évidentes, c'était au sein des relations les plus intimes que la trahison était la plus grande. Il savait notamment qu'un grand nombre d'hommes de son entourage – ses oncles, même – enchaînaient les maîtresses tout en restant les époux d'une seule femme. En revanche, il n'avait jamais envisagé que son père puisse maintenir son couple de cette manière. Il percevait ses parents comme d'un seul tenant tandis qu'il connaissait la duplicité de son oncle Theo, par exemple, même s'il se demandait de plus en plus si cette distinction avait vraiment existé ; si, pour le dire autrement, il n'avait pas passé sa vie d'adulte à tenter de respecter un modèle de mariage qui n'était en fait qu'une illusion.

Theo aimait séjourner dans un hôtel situé non loin du pensionnat de mon voisin, et Theo lui rendait souvent visite, l'emmenait dîner, une « amie » chaque fois différente à son bras. Ces amies étaient aussi belles et parfumées que sa tante Irini était noiraude et trapue ; son visage affichait un assortiment de verrues d'où perçaient des poils noirs d'un diamètre et d'une longueur extraordinaires ; toute sa vie mon voisin avait été fasciné par ce détail encore très net dans son esprit alors qu'Irini était morte depuis trente ans, un détail qui symbolisait le caractère durable de la répulsion, opposé à la beauté qui, une fois éclose, ne reparaissait jamais. À la mort d'Irini, à l'âge de quatre-vingt-quatre ans, après soixante-trois ans de mariage, oncle Theo refusa qu'elle soit enterrée et fit mettre sa dépouille dans un cercueil en verre qu'il plaça dans le caveau d'une chapelle grecque à Enfield où il alla la voir tous les jours durant les six mois qui lui restèrent à vivre. Chaque fois qu'il voyait Theo et Irini, mon voisin était témoin de scènes d'une violence incroyable : même un simple appel téléphonique à la maison pouvait dégénérer en dispute car il y en avait toujours un pour espionner la conversation de l'autre et l'insulter pendant que la personne au bout du fil se retrouvait à jouer les arbitres. Ses propres parents, pourtant très combatifs, n'atteignirent jamais les sommets de Theo et de sa femme – eux menaient une guerre plus froide, sans doute plus amère. Son père mourut le premier, à Londres, et l'on déposa son corps dans le même caveau qu'Irini car sa mère s'était mis en tête de faire construire un mausolée pour la famille sur l'île, une entreprise si pharaonique que le chantier prit un énorme retard et ne fut pas prêt à temps pour le recevoir. Elle avait conçu cette idée au moment où son mari était tombé malade et, la dernière année, il reçut presque tous les jours un bulletin sur l'avancée des travaux concernant le tombeau qui l'accueillerait. On aurait pu considérer cette méthode de torture inédite comme le geste décisif d'une dispute qui avait duré toute leur vie, mais quand sa mère mourut à son tour – une année jour pour jour après son père, ainsi que mon voisin pensait me l'avoir déjà dit – le mausolée n'était toujours pas achevé. Elle rejoignit son époux dans le caveau d'Enfield et leurs dépouilles ne furent rapatriées sur l'île que des mois plus tard. Mon voisin dut s'occuper des funérailles, puis de l'exhumation des autres membres de la famille – ses grands-parents des deux côtés, de nombreux oncles et tantes – et de leur inhumation sous le gigantesque mausolée. Il revint en avion avec les dépouilles de ses parents dans la soute et passa une journée sinistre avec les fossoyeurs à transporter et à disposer les différents cercueils. Il fut particulièrement remué de voir remonter à la surface son grand-père maternel, un homme d'une grande espièglerie et la cause – jusqu'à la fin de leurs jours – de bien des disputes entre ses parents du fait de l'emprise qu'il avait sur sa fille, y compris après sa mort. En fin d'après-midi, il ne lui restait plus qu'à installer ses parents dans la vaste structure en marbre. Un taxi attendait mon voisin pour le ramener à l'aéroport puisqu'il devait rentrer à Londres dans la foulée. Mais, pendant le trajet, il fut saisi d'horreur. En installant les membres de la famille, il n'avait pas mis ses parents côte à côte : pire encore, il se souvint distinctement, là, à l'arrière du taxi, que c'était le cercueil de son grand-père qui les séparait. Il ordonna au chauffeur de faire demi-tour sur-le-champ et de le reconduire au cimetière. Il exigea également du conducteur qu'il l'aide car la nuit était presque tombée et que les fossoyeurs étaient rentrés chez eux. Le chauffeur accepta, mais dès qu'ils eurent passé la grille du cimetière plongé dans le noir, il prit peur et s'enfuit, abandonnant mon voisin à son sort. Il ne se rappelait pas, dit-il, comment il s'était débrouillé pour desceller seul l'entrée du tombeau : il était encore jeune, mais tout de même, il avait dû être gagné par une force surhumaine. Il descendit à l'intérieur et constata qu'effectivement, le cercueil de son grand-père était entre ceux de ses parents. Les déplacer ne posa pas de gros problèmes, mais une fois son devoir accompli, il s'aperçut qu'à cause de l'escarpement et de la profondeur de la tombe il lui serait impossible d'en ressortir. Il appela, hurla, en vain ; il sauta et tenta de trouver des prises sur la terre lisse, sans succès.

J'ai bien dû sortir d'une façon ou d'une autre, poursuivit-il, parce que je n'y ai certainement pas passé la nuit, même si j'ai bien cru que ce serait le cas. Peut-être que le taxi a fini par revenir – je ne me souviens de rien. Il sourit et pendant un moment nous observâmes la famille sur l'autre bateau et l'eau scintillante entre nous. Je racontai que, lorsque mes fils avaient l'âge de ces deux garçons bondissants, ils étaient si proches qu'il était difficile de distinguer leurs caractères respectifs. Ils jouaient ensemble de la seconde où ils ouvraient les yeux le matin à celle où ils les fermaient le soir. Ils entraient dans une espèce de transe commune où ils inventaient des mondes entiers, s'immergeaient dans des jeux et des projets dont la planification autant que l'exécution étaient aussi réelles pour eux qu'elles étaient invisibles aux yeux des autres : parfois je déplaçais ou jetais un objet apparemment insignifiant pour m'entendre dire ensuite qu'il s'agissait d'un accessoire sacré dans la fiction du moment, un récit qui semblait courir telle une rivière magique à travers notre maison, intarissable, et qu'ils quittaient ou réintégraient à volonté en franchissant un seuil qu'ils étaient les seuls à voir. Mais un jour, la rivière s'assécha : cet imaginaire commun se dissipa quand l'un d'eux cessa d'y croire – je ne me rappelle même pas lequel. Autrement dit, ce n'était la faute de personne ; mais, à cette occasion, je me rendis compte à quel point ce qui était beau dans leur vie découlait de la vision commune de choses qui n'existaient pas à proprement parler.

J'imagine, dis-je, qu'on peut y voir une définition de l'amour, croire à ce que vous seul pouvez voir, une définition qui, dès lors, propose une base bien éphémère sur laquelle fonder sa vie. Dépossédés de leur récit, les enfants commençaient à se disputer, et si leurs jeux les avaient coupés du monde, parfois pendant des heures, leurs disputes les ramenaient sans cesse à ce récit. Ils venaient nous trouver, leur père ou moi, afin que nous intervenions et rendions justice ; soudain, ils attachèrent du prix aux faits, à ce qui avait été dit et fait, et montèrent des dossiers en faveur de l'un ou à charge contre l'autre. Difficile, dis-je, de ne pas voir dans cette substitution de l'amour par des éléments factuels le miroir d'autres événements qui se déroulaient chez nous à ce moment-là. Le plus frappant était le potentiel purement négatif de leur ancienne intimité : à croire que tout ce qui s'était trouvé à l'intérieur avait été déplacé à l'extérieur, morceau par morceau, comme des meubles sortis d'une maison et déposés sur le trottoir. Il semblait y en avoir une quantité d'autant plus énorme que ce qui avait été invisible était dorénavant visible ; l'utile était devenu inutile. Leur antagonisme était proportionnel à leur ancienne harmonie, mais si l'harmonie avait été légère et intemporelle, l'antagonisme, lui, prenait non seulement de la place mais aussi du temps. L'intangible devint solide, le chimérique incarné, le privé public : quand la paix débouche sur la guerre, quand l'amour se transforme en haine, quelque chose naît au monde, une énergie de mortalité pure. Si l'amour est censé nous rendre immortels, la haine officie en sens inverse. Et l'on s'étonne de voir les détails qu'elle accumule, tant et si bien que tout s'en retrouve souillé. Mes enfants luttaient pour se libérer l'un de l'autre, mais étaient incapables de se laisser tranquilles. Ils se chamaillaient pour un rien, revendiquaient la propriété de l'objet le plus dérisoire, enrageaient au moindre sous-entendu, et quand un détail les rendait fous ils laissaient exploser la violence physique, à coups de poings et de griffes ; ce qui les renvoyait une fois de plus à la folie du détail, bien sûr, parce que la violence physique appelle le processus interminable de la justice et de la loi. Il fallait dérouler l'histoire de qui avait fait quoi à qui, établir la culpabilité et distribuer les punitions même si aucun n'en sortait satisfait ; cela ne faisait même qu'envenimer la situation car ce système semblait promettre une résolution qui ne venait jamais. Plus on entrait dans les subtilités de l'affaire, plus la dispute s'intensifiait et gagnait en réalité. Chacun désirait plus que tout avoir raison et donner tort à l'autre, sauf qu'il était impossible de faire entièrement porter la faute sur un seul. Au bout d'un moment, je me suis aperçue que la situation serait insoluble tant que le but serait d'établir la vérité, parce que, justement, la vérité unique n'existait pas. Il n'y avait plus de vision commune et donc plus de réalité commune. Chacun envisageait les choses avec une optique qui lui était propre : ne restaient donc que des points de vue.

Mon voisin garda le silence un moment. Dans son cas, finit-il par dire, ses enfants avaient joué le rôle de soutien durant les hauts et les bas qu'avait connus sa vie conjugale. Il avait toujours eu l'impression d'être un bon père : il s'imaginait même avoir été plus apte à aimer ses enfants et à se faire aimer d'eux qu'il ne l'avait été avec leurs mères respectives. Sa propre mère lui avait dit une fois, juste après sa première séparation et alors qu'il s'inquiétait des effets du divorce sur les enfants, que quoi que l'on fasse, la vie de famille était toujours douce-amère. Si ce n'était le divorce, ce serait autre chose, dit-il. Une enfance sans tache, ça n'existait pas, même si l'on s'acharnait à se convaincre du contraire. Une vie sans douleur, ça n'existait pas. Quant au divorce, même en menant une vie de saint, on n'était pas épargné par la perte, peu importe sous combien de justifications on tentait de l'enterrer. J'en pleurerais de penser que je ne te reverrai jamais comme quand tu avais six ans – je donnerais tout au monde, disait-elle, pour revoir l'enfant que tu étais à cet âge. Tu auras beau faire, l'effondrement est inévitable. Et quoi que tu reçoives en retour, sois reconnaissant. Mon voisin s'efforça donc d'être reconnaissant, même pour son fils qui échoue si spectaculairement à survivre dans ce monde. Son fils avait développé, ainsi que tant de personnes vulnérables, une obsession pour les animaux, et mon voisin s'était appliqué, ce qui lui avait valu plus de migraines qu'il ne pouvait en compter, à céder aux demandes incessantes de son fils pour que telle ou telle bête sans défense soit sauvée et recueillie. Des chiens, des chats, des hérissons, des oiseaux, et même une fois, après l'attaque d'un renard, un agneau à moitié mort que mon voisin avait passé toute une nuit à nourrir de lait chaud à la petite cuiller. Durant cette nuit de veille, dit-il, il avait espéré que l'agneau vivrait, non pas vraiment pour lui, mais pour le signal fort que cela aurait envoyé sur la route solitaire qu'il avait choisi d'emprunter avec son fils en faisant preuve à son égard de la plus grande sensibilité, de la plus grande indulgence. Si l'agneau avait vécu, mon voisin l'aurait reçu comme une sorte d'approbation – ne fût-ce qu'en provenance de l'univers – de sa décision d'agir en contradiction directe avec son ex-femme qui aurait abandonné leur fils à une institution psychiatrique. Mais bien sûr, il dut enterrer l'animal le lendemain matin pendant que Takis dormait encore ; ceci n'était qu'un exemple parmi les incidents innombrables où il s'était senti idiot d'avoir voulu soigner son enfant sans recourir à la cruauté. Apparemment, dit-il, l'univers favorise ceux qui n'acceptent pas qu'on renvoie une mauvaise image d'eux, à l'instar de sa première épouse ; alors que dans les contes, ce genre d'attitude finit toujours par revenir hanter les personnages. Ses problèmes actuels avaient débuté la semaine précédente alors que l'homme de compagnie de son fils s'était enfermé afin de pouvoir travailler à sa thèse. Takis, à la faveur de la nuit, en avait profité pour libérer un certain nombre d'animaux en captivité sur l'île, y compris une sorte de ménagerie excentrique qu'un entrepreneur local élevait comme des animaux domestiques si bien qu'à présent, des créatures exotiques – autruches, lamas, tapirs et même une bande de poneys nains pas plus grands que des chiens – erraient en liberté. Leur propriétaire était un nouveau venu, moins respectueux de cette vieille famille, furieux à cause des dégâts sur sa propriété et du traumatisme subi par ses animaux : d'après lui, Takis était un vandale, un criminel, et mon voisin n'était pas en mesure de faire grand-chose pour défendre son fils. On découvre très vite, dit-il, que nos enfants ne sont innocents qu'à nos yeux. Si le monde les trouve défaillants, on n'a plus qu'à les reprendre. Il l'avait toujours plus ou moins su, bien sûr, puisque son frère handicapé mental et désormais âgé de plus de soixante-dix ans n'avait jamais quitté le lieu où il était né, mais tout de même.

Il me proposa de prendre un autre bain de mer avant de rentrer et cette fois, je restai à proximité des deux navires et nageai vers la crique où les hautes parois rocheuses renvoyaient les cris du bébé. Le père faisait les cent pas sur le pont avec le petit corps agrippé à son épaule, la mère s'éventait avec son livre pendant que les trois enfants étaient assis en tailleur à ses pieds. Des pans de tissu et des tentures clairs pendaient sur le bateau pour donner de l'ombre et la brise soufflait dessus de temps en temps si bien que le groupe disparaissait par intermittence. Ils ne bougeraient pas, dans l'attente, je le voyais, que le bébé arrête de pleurer, d'être libérés, de pouvoir à nouveau remuer librement. À l'autre bout de la crique, mon voisin avait nagé tout droit en laissant un sillon net puis avait aussitôt fait demi-tour et remontait à présent l'échelle du bateau. Il se déplaçait sur le pont avec cette démarche légèrement chaloupée, occupé à sécher son dos charnu avec une serviette. À quelques mètres de moi, un cormoran noir se tenait perché sur un rocher, regardant la mer sans broncher. Le bébé cessa de pleurer et les membres de la famille reprirent aussitôt leurs activités, changeant tous de position dans l'espace confiné comme s'ils étaient de petits personnages mécaniques tournoyant à l'intérieur d'une boîte à bijoux ; le père se pencha pour coucher l'enfant dans son couffin, la mère se leva et se tourna, les deux garçons et la petite fille décroisèrent les jambes et se donnèrent la main pour faire une espèce de ronde, leurs corps luisant et scintillant au soleil. Soudain j'eus peur, seule dans l'eau, et je regagnai le bateau où mon voisin rangeait les affaires et ouvrait le compartiment destiné à ranger l'ancre. Il me suggéra de m'allonger sur le banc et de dormir un peu pendant qu'il nous ramenait sur le continent car je devais être fatiguée. Il me tendit une espèce de châle pour me couvrir la tête, ce qui fit disparaître le ciel, le soleil et les flots dansants ; cette fois, quand le bateau accéléra d'un coup dans un bruit assourdissant, ce fut pour moi une sorte de réconfort et je m'assoupis. J'ouvrais les yeux de temps à autre, voyais flotter le tissu inconnu et les fermais de nouveau ; sentant mon corps porté aveuglément dans l'espace, j'avais l'impression que tout ce qui constituait ma vie avait été atomisé, comme si une explosion avait fait s'envoler ses éléments disparates dans des directions différentes. Je pensai à mes enfants et me demandai où ils étaient à cet instant. L'image de la famille sur le bateau, la ronde brillante qui tournait dans la boîte à bijoux, cette constellation si mécanique et fixe, et pourtant si gracieuse et convenable, tournait sous mes yeux. Cela me rappela avec une netteté extraordinaire les fois où, petite, j'étais allongée à moitié endormie sur le siège arrière de la voiture de mes parents durant le trajet interminable et sinueux qui nous ramenait à la maison après une journée à la mer comme cela nous arrivait souvent en été. Il n'y avait pas de route directe entre chez nous et la plage, juste un mauvais entrelacs de chemins de campagne qui, sur la carte, ressemblait à une illustration du réseau veineux dans un manuel d'anatomie, si bien que peu importait la route choisie du moment que le cap était le bon. Pourtant mon père avait son itinéraire préféré parce qu'il lui semblait légèrement plus direct que les autres de sorte que nous n'en déviions jamais, croisant et recroisant les routes alternatives, passant devant des panneaux vers des lieux qu'il connaissait déjà ou ne verrait jamais, ayant établi ce trajet avec le temps, le fondant sur une réalité indépassable au point qu'il ne lui semblait pas correct de traverser ces villages inconnus alors que cela n'aurait fait aucune différence. Nous autres, les enfants, étions allongés sur la banquette arrière, assoupis et nauséeux à cause des virages et quand, parfois, j'ouvrais les yeux, je voyais le paysage estival défiler de l'autre côté des vitres poussiéreuses, si épanoui et foisonnant à cette époque de l'année qu'il était inconcevable de l'imaginer un jour brisé pour entrer dans l'hiver.

Les heurts du bateau se firent moins violents à mesure que l'on ralentissait et que le bruit du moteur diminuait. Je me redressai et mon voisin me demanda avec courtoisie si j'avais pu me reposer. Nous approchions du port de plaisance, ses navires blancs ressortant nettement sur le fond bleu, et, au-delà, le paysage avec sa route de terre marron qui ondulait dans la chaleur, le tout semblant vaciller irrésistiblement dans l'éclat du soleil alors que c'était nous qui bougions. Si j'avais faim, dit mon voisin, il y avait une petite taverne qui proposait des souvlakis juste à côté. Avais-je déjà goûté les souvlakis ? C'était un plat très simple mais vraiment délicieux. Si je voulais bien patienter un peu pendant qu'il amarrait le bateau et suivait les procédures nécessaires, nous pourrions aller manger, après quoi, il me reconduirait à Athènes.

5

Ce soir-là, je devais retrouver mon vieil ami Paniotis dans un restaurant du centre-ville. Il me téléphona pour me donner l'adresse et m'informer qu'une autre personne – une romancière dont j'avais peut-être entendu parler – se joindrait sans doute à nous. Elle avait vraiment insisté ; il espérait que cela ne me dérangeait pas. Il voulait rester dans les bonnes grâces de cette femme : je suis à Athènes depuis trop longtemps, dit-il. Il me décrivit le trajet avec soin, à deux reprises. Une réunion le retarderait, s'excusa-t-il, autrement il serait venu me chercher. Il n'aimait pas me savoir obligée de trouver seule mon chemin mais espérait avoir été assez clair. Il me suffisait de compter les feux de signalisation comme il me l'avait dit et de tourner à droite entre le sixième et le septième, impossible de me tromper.

Le soir venu, à l'heure où le soleil ne brillait plus au-dessus de nos têtes, l'air semblait comme visqueux, le temps semblait se tenir bien immobile et le labyrinthe de la ville, que la lumière et l'ombre ne coupaient plus en deux et que la brise de l'après-midi n'agitait plus, était comme suspendu dans une sorte de rêve, arrêté au beau milieu d'une atmosphère épaisse et incroyablement pâle. L'obscurité finissait bien par tomber, mais cela mis à part, bizarrement, rien ne changeait vraiment : il ne faisait pas plus frais, il n'y avait pas moins de bruit ou de gens ; le rugissement des discussions et des rires se déversait sans retenue des terrasses éblouissantes des restaurants, la circulation était toujours aussi dense, on voyait des rivières de lumières klaxonnantes, de jeunes enfants faisaient du vélo le long des trottoirs sous les lampadaires à l'éclairage couleur de bile. Malgré l'obscurité le jour était éternel, les pigeons continuaient de se bagarrer sur les places éclairées au néon, les kiosques étaient ouverts au coin des rues, une odeur de gâteaux qui s'était échappée des boulangeries flottait encore dans l'air. Dans le restaurant de Paniotis, un homme obèse vêtu d'un lourd costume en tweed était assis seul à un bout de la terrasse et armé de ses couverts, découpait délicatement une tranche de pastèque rose en petits cubes qu'il portait ensuite précautionneusement à sa bouche. J'attendis, jetai un regard à l'intérieur lambrissé et sombre avec ses glaces biseautées où se reflétait une mer démultipliée de tables et de chaises vides. Ce n'était pas, Paniotis le reconnut en arrivant, un endroit à la mode ; Angeliki allait bientôt nous rejoindre et serait sans doute déçue, mais là au moins on pouvait se parler sans être interrompu par une connaissance ou une autre. Je n'étais peut-être pas comme lui – il espérait vraiment que non – mais les mondanités ne l'intéressaient plus ; en fait, plus le temps passait plus il trouvait les autres parfaitement déroutants. Les gens intéressants sont comme des îles, dit-il : on ne tombe pas sur eux par hasard dans la rue ou à une fête, il faut savoir où ils se trouvent et s'arranger pour les rencontrer.

Il me fit me lever pour me serrer dans ses bras, et quand j'eus contourné la table, il me regarda droit dans les yeux. Il essayait de se souvenir, dit-il, depuis combien de temps nous ne nous étions pas vus – le savais-je ?

Cela devait faire plus de trois ans, répondis-je et il acquiesça. Nous avions déjeuné dans un restaurant d'Earls Court un jour de grande chaleur selon les critères anglais, et, pour une raison ou une autre, mes enfants et mon mari m'avaient accompagnée. Nous devions aller quelque part ensuite : nous nous étions arrangés pour voir Paniotis à Londres à l'occasion de la foire du livre. Je suis reparti de ce déjeuner en ayant l'impression d'avoir raté ma vie, m'avoua-t-il. Tu avais l'air si heureuse avec ta famille, si comblée, l'incarnation d'un idéal.

Son corps, quand nous nous sommes embrassés, paraissait extrêmement frêle et léger. Il portait une chemise élimée de couleur lilas ainsi qu'un jean dans lequel il flottait. Il se recula et me dévisagea une fois de plus. Le visage de Paniotis me rappelle un peu celui d'un personnage de dessin animé : tout chez lui est exagéré, les joues très creuses, le front très haut, les sourcils en points d'exclamation, les cheveux hirsutes, et, à force, on a le sentiment curieux de regarder une illustration de Paniotis plutôt que Paniotis lui-même. Même détendu, il prend l'air d'une personne à qui l'on vient de dire quelque chose d'extraordinaire ou qui, ouvrant une porte, est très surpris par ce qu'il découvre là. Ses yeux, au milieu de ce faciès ébaubi, bougent sans arrêt, changent et s'écarquillent de manière spectaculaire comme si, un jour, l'étonnement pourrait les faire sauter de leurs orbites.

Mais je vois bien qu'il s'est passé quelque chose, poursuivit-il, et j'avoue que je ne m'y attendais pas. Je ne comprends pas du tout. Ce jour-là, dit-il, dans le restaurant, j'ai pris une photo de toi avec ta famille – tu te souviens ? Oui, répondis-je, je me souviens. J'espérais qu'il n'allait pas me montrer la photo, et il s'assombrit. Pas si tu ne le veux pas, dit-il. Mais je l'ai avec moi ; elle est dans ma mallette. Je lui racontai que le seul souvenir que je gardais de cette journée était le moment où il avait pris cette photo. Je me souvenais d'avoir pensé que c'était une idée inhabituelle, qui ne me serait pas venue à l'esprit, du moins. C'était ce qui nous différenciait, lui observait quelque chose pendant que moi, de toute évidence, j'étais absorbée par cette chose. C'était un de ces moments qui, rétrospectivement, dis-je, m'apparaissent prophétiques. En effet, j'étais à ce point immergée que je n'avais pas remarqué que Paniotis nous quittait en voyant sa vie comme un échec, pas plus que la montagne ne remarque l'alpiniste qui rate une prise et tombe dans l'un de ses ravins. J'ai parfois l'impression que la vie nous punit de nos aveuglements et que nous forgeons notre destin sur ce que l'on manque de voir ou sur notre absence de compassion ; ce que tu ne remarques pas, ce que tu ne t'efforces pas de comprendre, c'est ce que tu seras obligé d'apprendre. À m'écouter parler, Paniotis paraissait de plus en plus atterré. Il n'y a que les catholiques pour avoir des idées pareilles, dit-il. Même si je reconnais qu'il y a bien quelques personnes que j'aimerais voir punies avec une cruauté aussi délectable. Et pourtant, il s'agit typiquement de gens qui, jusqu'à la fin de leurs jours, ne retiendront aucune leçon de la souffrance qu'ils auront subie. Ils font tout pour, conclut-il en prenant le menu et en se tournant vers le serveur avec un doigt levé, un homme immense à la barbe grise vêtu d'un long tablier blanc qui durant tout ce temps était resté si immobile, retranché dans un coin de la salle quasi vide, que je n'avais pas fait attention à lui. Il s'approcha et se tint devant notre table, ses bras puissants croisés sur la poitrine, opinant du chef tandis que Paniotis lui parlait rapidement.

Ce jour-là à Londres, reprit Paniotis qui me faisait de nouveau face, j'ai compris que mon petit rêve de maison d'édition n'était pas destiné à dépasser le stade du fantasme et, à vrai dire, cette révélation m'a moins déçu qu'étonné. Cela semblait incroyable qu'à cinquante et un ans je sois encore capable de concevoir en toute innocence un espoir aussi irréalisable. Les êtres humains ont une capacité d'égarement apparemment infinie – mais, dans ce cas, comment sommes-nous censés savoir, à moins de vivre dans le pessimisme le plus absolu, que nous ne sommes pas dupes une fois de plus ? Je me croyais immunisé contre ces errements, ayant vécu toute ma vie dans cette contrée tragique, mais ainsi que tu l'as si tristement démontré, c'est justement ce que tu ne vois pas, ce que tu prends pour acquis qui te trahit. Et comment se rendre compte qu'on a pris une chose pour acquise avant qu'elle ait disparu ?

Le serveur surgit près de nous, chargé de plusieurs plats et Paniotis s'interrompit avec un dernier geste d'ahurissement avant de se pencher en arrière pour le laisser poser notre commande sur la table. Il y avait une carafe d'un vin jaune pâle, de toutes petites olives vertes avec leurs tiges qui semblaient amères mais étaient en réalité douces et délicieuses, ainsi qu'une assiette de délicates moules froides dans leurs coques noires. Pour prendre des forces, dit Paniotis, en attendant Angeliki. Tu vas voir, dit-il, elle est devenue une personnalité éminente depuis qu'un de ses romans a remporté un prix quelconque je ne sais plus où en Europe. Maintenant, on la considère – ou elle se considère elle-même – comme une vedette littéraire. Ses souffrances sont derrière elle – quelles qu'elles aient été – et, du coup, elle s'est

plus ou moins érigée en porte-parole de la féminité en souffrance, pas seulement en Grèce mais partout où l'on montre un intérêt pour son travail. Elle accepte toutes les invitations. Le roman, dit-il, raconte l'histoire d'une femme peintre dont la carrière artistique est progressivement étouffée par sa vie domestique : son mari est diplomate, la famille est sans cesse déracinée d'un lieu à l'autre si bien que cette femme se met à envisager son travail comme décoratif, un hobby, tandis que celui de son mari est considéré, non seulement par lui mais également par la majorité des gens, comme important car il ne se contente pas de commenter les événements, il les façonne ; à chaque dispute – c'est un roman d'Angeliki, donc elles sont nombreuses – les besoins du mari prévalent sur ceux de son épouse. Les œuvres de cette dernière deviennent mécaniques, factices ; la passion est absente alors que son désir de s'exprimer est intact. À Berlin où la famille s'est installée, elle fait la connaissance d'un jeune homme, un peintre, qui réveille sa passion pour la peinture et le reste – mais voilà qu'elle se sent trop vieille pour lui et terriblement coupable par rapport à ses enfants qui sont inquiets car ils se doutent que quelque chose ne va pas. Mais elle en veut surtout à son mari d'avoir éteint la passion en elle pour la rendre ensuite entièrement responsable des conséquences. Quant au jeune peintre, entre ses nuits blanches de fêtard, ses drogues euphorisantes et son émerveillement face aux marques du temps sur le corps de l'épouse, il la fait se sentir encore plus vieille. Elle n'a personne à qui parler, personne à qui tout raconter – quelle solitude, dit Paniotis avec un petit sourire narquois. C'est le titre, d'ailleurs : *La Solitude.*
Là où je ne suis pas d'accord avec Angeliki, dit-il, c'est dans son choix de remplacer l'écriture par la peinture

comme si les deux étaient interchangeables. Le livre parle d'elle, ça ne fait aucun doute, dit-il, alors qu'elle ne connaît rien à la peinture. D'après mon expérience, les peintres sont beaucoup moins conventionnels que les écrivains. Les écrivains ont besoin de se cacher dans une vie bourgeoise comme les tiques dans la fourrure d'un animal : plus ils y sont enfouis, mieux c'est. Je ne crois pas à son personnage de femme peintre, dit-il, qui prépare les paniers-déjeuners de ses enfants dans une cuisine allemande dernier cri pendant qu'elle rêve de faire l'amour avec un jeune androgyne musclé qui porte des blousons en cuir.

Je lui demandai ce qui, à Londres, lui avait fait perdre la foi dans la maison d'édition qu'il venait juste de monter et qui, effectivement – j'en avais entendu parler –, avait été rachetée peu après par un grand groupe, destituant Paniotis de son rôle de chef d'entreprise pour en faire un éditeur salarié. Ma vénération pour tout ce qui est anglais était à sens unique, dit-il après un silence, ses yeux tristes au bord des larmes roulant dans leurs orbites. La situation commençait à se détériorer ici, continua-t-il, même si personne n'imaginait jusqu'où ça irait. La maison d'édition ne devait se consacrer qu'à la traduction d'auteurs anglo-saxons encore inconnus en Grèce, des écrivains que Paniotis admirait profondément et qu'il était déterminé à faire découvrir à ses compatriotes alors que les maisons plus commerciales les refusaient en bloc. Puis un jour, il fut incapable de payer les avances de ces auteurs dont, pour beaucoup, il avait traduit lui-même les livres afin de réduire les frais. À Londres, on le fustigea, à commencer par les auteurs eux-mêmes, parce qu'il n'avait pas versé l'argent que les livres eux-mêmes n'avaient pas encore rapporté ; tout le monde le traita avec le plus grand mépris, on menaça de lui intenter un procès, et, pire que tout, il s'en retourna avec l'impression que les écrivains qu'il avait adulés en tant qu'artistes de leur temps n'étaient en fait que des gens froids et sans pitié uniquement mus par le besoin de reconnaissance et surtout par la soif du gain. Il leur avait expliqué en termes très clairs que s'ils le forçaient à payer, sa maison d'édition ferait faillite avant même d'avoir été lancée, et c'est ce qui arriva ; ces mêmes auteurs sont désormais régulièrement rejetés par le groupe pour lequel il travaille et qui ne veut publier que des best-sellers. J'ai donc appris, dit-il, qu'il est impossible d'améliorer les choses et que les gens bien sont aussi responsables de cet état de fait que les mauvais, et que ce rêve d'améliorer les choses n'est peut-être qu'un simple fantasme personnel, aussi isolé que la solitude décrite par Angeliki. Nous sommes tous accros, dit-il en retirant une moule de sa coquille avec ses doigts tremblants avant de la mettre dans sa bouche, à vouloir améliorer les choses, au point que cela finit par coloniser notre sens des réalités. Cela a même contaminé le roman, bien que, aujourd'hui, ce soit peut-être le roman qui nous contamine en retour puisque nous en sommes venus à attendre de l'existence ce que nous attendons des livres ; pour ce qui me concerne, je ne veux plus de cette idée de la vie comme une progression.

Dans son mariage, s'apercevait-il à présent, le principe de progression avait toujours été à l'œuvre : achat de maisons, de biens, de voitures, besoin de changer de statut social, de voyager plus, d'élargir le cercle d'amis, faire des enfants, même, semblait un passage obligé dans cette course folle. Inévitablement, ainsi qu'il le voyait désormais, une fois qu'il n'y aurait plus rien à obtenir, à améliorer, plus de buts à atteindre ni d'étapes à franchir, la course arriverait à son terme et sa femme et lui seraient saisis par un grand sentiment de futilité, une impression d'immobilisme après une vie trop pleine d'émotions, un mal semblable à celui qu'éprouvent les marins une fois sur la terre ferme après une longue période en mer, mais qui, pour eux, signifierait la fin de leur amour. Si seulement nous avions eu l'intelligence de faire la paix l'un avec l'autre dès le départ, dit-il, de nous avouer que nous n'étions pas amoureux mais que nous ne nous voulions aucun mal ; eh bien, dit-il, à nouveau au bord des larmes, si nous avions eu cette sagesse-là, je crois que nous aurions vraiment pu apprendre à nous aimer l'un l'autre et nous-mêmes. Mais nous avons préféré nous concentrer sur les chances de progression supplémentaire, nous sommes repartis dans la course, si ce n'est que, cette fois, elle nous a conduits à la ruine et à la guerre, des domaines dans lesquels nous avons déployé plus d'énergie et de moyens que jamais.

Ces jours-ci, dit-il, je vis très simplement. Le matin, au lever du soleil, je roule jusqu'à une baie que je connais à vingt minutes d'Athènes et je fais un aller-retour à la nage. Le soir, je m'installe sur mon balcon et j'écris. Il ferma les yeux brièvement et sourit. Je lui demandai sur quoi il écrivait et son sourire s'élargit. Sur mon enfance, répondit-il. J'étais si heureux quand j'étais petit, et je me suis rendu compte il y a peu que je ne désirais rien tant que retracer cette enfance étape par étape et autant que possible dans ses moindres détails. Le monde où le bonheur existait a complètement disparu, pas juste de ma vie, mais de la Grèce en général qui ne le sait peut-être pas elle-même, car ce pays est à genoux et se meurt d'une mort lente et douloureuse. Quant à moi, je me demande parfois si mes souffrances ne sont pas dues à tout le bonheur que j'ai connu enfant. J'ai l'impression d'avoir mis un temps infini à comprendre d'où vient la douleur. Il m'a fallu un long moment pour apprendre à l'éviter. J'ai lu un article dans le journal l'autre jour, dit-il, sur un garçon atteint d'une maladie psychiatrique curieuse qui l'oblige sans cesse à se mettre en danger physiquement et à se blesser par tous les moyens. Il met sa main au feu, se jette contre les murs, grimpe dans des arbres pour pouvoir mieux en tomber ; il s'est cassé presque tous les os et bien sûr il est couvert de coupures et de contusions ; le journaliste a demandé à ses pauvres parents de commenter la situation. Le problème, ont-ils expliqué, c'est qu'il n'a pas peur. Mais il me semble à moi que c'est exactement le contraire : il a trop peur, tellement peur qu'il est poussé à affronter cette sensation avant qu'elle ne se manifeste. Je pense que si j'avais su, enfant, tout ce qu'il était possible d'endurer en termes de douleur, j'aurais eu la même réaction. Tu te souviens peut-être du personnage d'Elpénor dans l'*Odyssée*, dit-il, ce compagnon d'Ulysse qui tombe du toit de la maison de Circé parce qu'il est si grisé qu'il en oublie d'utiliser une échelle pour redescendre. Ulysse le retrouve aux Enfers un peu plus tard et lui demande pourquoi il est mort d'une façon aussi idiote. Paniotis sourit. J'ai toujours trouvé ce détail charmant, dit-il.

Une femme qui ne pouvait être qu'Angeliki – puisqu'il n'y avait pas d'autres clients et que personne n'était entré dans le restaurant depuis notre arrivée – avait fait son apparition et posait des questions au serveur sur un ton plutôt vif ; une conversation d'une longueur inexplicable s'ensuivit durant laquelle ils sortirent, puis revinrent peu après converser de plus belle, la chevelure fauve et bien coupée de la femme agitée par les mouvements rapides de sa tête, et sa jolie robe grise – faite d'une matière soyeuse et légère – tourbillonnant tandis qu'elle se dandinait d'un pied sur l'autre, aussi impatiente qu'un poney au trot. Elle portait des nu-pieds incroyablement haut perchés en cuir argenté ainsi qu'un sac assorti et aurait été l'image même de l'élégance si, en se tournant pour regarder dans la direction pointée du doigt par le serveur – au bout de laquelle se trouvait notre table –, elle n'avait pas révélé un visage si pétri d'angoisse qu'il ne pouvait qu'inquiéter toute personne l'apercevant. Comme prévu, Angeliki fut chagrinée par le choix qu'avait fait Paniotis en matière de restaurant ; elle n'était entrée au départ, expliqua-t-elle, que pour demander son chemin sans réaliser qu'elle était arrivée, et le serveur avait dû l'emmener dehors pour lui montrer le nom du restaurant et la convaincre ; mais même là, elle avait été persuadée qu'un endroit plus convenable du même nom devait se trouver dans les parages. Pourtant je l'ai choisi exprès pour toi, dit Paniotis, les yeux écarquillés. Le chef vient de la même ville que toi, Angeliki ; le menu ne propose que des spécialités des Balkans, tes plats préférés. S'il vous plaît, excusez-le, dit Angeliki, en posant une main manucurée sur mon bras. Puis elle fit rapidement quelques remontrances à Paniotis en grec, une tirade qui prit fin quand ce dernier s'éclipsa pour aller aux toilettes.

Je suis désolée de ne pas avoir pu arriver plus tôt, dit Angeliki à bout de souffle. Je devais me rendre à un cocktail puis repasser à la maison pour coucher mon fils – je ne l'ai pas beaucoup vu ces temps-ci à cause de la tournée promotionnelle de mon livre. J'étais en Pologne, précisa-t-elle avant que je ne puisse lui poser la question, à Varsovie, surtout, mais j'ai visité d'autres villes aussi. Elle me demanda si je connaissais la Pologne et quand je répondis que non elle acquiesça un peu tristement. Les éditeurs n'ont pas les moyens de faire venir trop d'auteurs, dit-elle, et c'est dommage parce qu'ils ont encore plus besoin d'écrivains là-bas qu'ici. Depuis un an, dit-elle, je visite de nombreux endroits pour la première fois, ou pour la première fois par moi-même, mais c'est ce voyage en Pologne qui m'a le plus marquée parce qu'il m'a fait voir mes livres non pas seulement comme un divertissement pour la classe moyenne mais comme quelque chose de vital, une bouée de sauvetage dans bien des cas pour des gens, en majorité des femmes, il faut l'admettre, qui se sentent très seuls au quotidien.

Angeliki prit la carafe et avec mélancolie se versa une larme de vin avant de remplir mon verre presque à ras bord.

« Mon mari étant diplomate, dit-elle, nous avons beaucoup voyagé, évidemment. Mais quand je voyage seule pour mon travail, je ne le vis pas du tout de la même manière. J'admets avoir eu peur, des fois, y compris dans des endroits qui me sont assez familiers. En Pologne, j'étais très nerveuse parce que je ne connaissais quasiment rien du pays – à commencer par la langue. Mais une partie du problème, au début, résidait surtout dans le fait que je n'avais pas l'habitude d'être seule. Par exemple, poursuivit-elle, nous avons vécu à Berlin pendant six ans mais en y allant seule en tant qu'auteur, les lieux me paraissaient inconnus. En partie parce que je découvrais un nouvel aspect de la ville – son milieu littéraire auquel j'étais totalement étrangère avant – et en partie parce que y être sans mon mari m'a donné une image de moi totalement inédite. »

Je ne suis pas sûre qu'il soit vraiment possible de savoir exactement ce que l'on est dans le mariage, répondis-je, ni même de séparer ce que l'on est de ce que l'on est devenu à travers notre conjoint. Il me semble que l'idée d'un moi « essentiel » est trompeuse : autrement dit, on peut avoir l'impression qu'il existe un moi séparé et autonome, mais peut-être n'existe-t-il pas vraiment. Un jour, ma mère nous a avoué, racontai-je, que, le matin, elle avait toujours hâte de nous voir partir pour l'école, mais que, après, elle ne savait plus quoi faire de ses dix doigts et aurait aimé nous retrouver sur-le-champ. Encore aujourd'hui, alors que ses enfants sont adultes, elle met un terme à nos visites de manière assez vigoureuse, nous renvoie vite chez nous comme si quelque chose de terrible risquait d'arriver si nous restions. Pourtant je suis presque sûre qu'elle fait encore l'expérience de la perte après notre départ et se demande bien ce qu'elle cherche par cette attitude et pourquoi il lui faut nous éloigner d'elle pour revivre cette expérience. Angeliki fouilla dans son élégant sac argenté, en sortit un carnet et un stylo.

« Excusez-moi, dit-elle, mais il faut que je note ça. » Elle écrivit un moment puis leva les yeux et dit : « Pourriez-vous répéter la seconde partie ? »

Je remarquai que son carnet était très ordonné, comme le reste de sa personne, les pages remplies de mots lisibles écrits en lignes bien droites. Son stylo était lui aussi argenté et elle donna un ferme tour de vis au capuchon pour faire disparaître la bille. Quand elle eut terminé, elle reprit : « Je dois admettre que j'ai été étonnée par les retours de lecture en Pologne, vraiment très étonnée. Vous savez, j'imagine, que les Polonaises sont très politisées : mon public était composé à quatre-vingt-dix pour cent de femmes, dit-elle, et elles se faisaient entendre. Bien sûr, les Grecques aussi peuvent donner de la voix...

– Mais elles sont surtout mieux habillées », dit Paniotis qui était revenu. À ma plus grande surprise, Angeliki prit cette remarque au sérieux.

« Oui, dit-elle, les Grecques aiment être belles. Mais en Pologne, j'ai eu l'impression que c'était un désavantage. Là-bas, les femmes sont tellement pâles et sérieuses : elles ont le visage large, plat, froid et elles ont souvent une mauvaise peau sans doute à cause du temps et de leur régime alimentaire épouvantable. Quant à leurs dents, ajouta-t-elle avec une petite grimace, elles ne sont pas bonnes non plus. Mais j'ai envié leur sérieux, comme si on ne les avait jamais distraites de la réalité de leur quotidien. J'ai passé beaucoup de temps à Varsovie avec une journaliste, continua-t-elle, une femme d'à peu près mon âge, mère également, et si mince, plate et dure que j'avais même du mal à croire qu'il s'agissait bien d'une femme. Elle avait des cheveux châtains ternes et raides qui lui tombaient dans le dos, un visage osseux d'une blancheur de glacier, et portait un jean épais d'ouvrier avec de grosses chaussures disgracieuses, bref, elle était aussi transparente, anguleuse et belle qu'un glaçon. Son mari et elle travaillaient et s'occupaient des enfants en alternance stricte et inversaient les rôles tous les six mois. Il arrivait à son mari de se plaindre, mais, jusque-là, il n'avait pas dérogé à cette organisation. Elle m'avoua tout de même, non sans fierté, que quand elle partait en déplacement pour son travail, ce qui arrivait souvent, ses enfants dormaient avec sa photo sous leur oreiller. J'ai ri, dit Angeliki, et lui ai confié que mon fils préférerait sans doute mourir que d'être surpris avec une photo de moi sous son oreiller. Olga m'a adressé un tel regard que je me suis soudain demandé si même nos enfants étaient contaminés par le cynisme de nos questionnements sur l'égalité des sexes. »

Le visage d'Angeliki affichait une douceur, une émotivité qui faisaient son charme et expliquaient son air si soucieux. À croire qu'un rien pouvait laisser une marque dans cette douceur. Elle avait les traits fins et nets d'une enfant, et pourtant, sa peau était comme fripée par l'inquiétude, ce qui lui donnait une expression d'innocence mécontente, telle une jolie petite fille qui n'a pas obtenu ce qu'elle voulait.

« En parlant à cette journaliste, poursuivit-elle, Olga, ainsi que je l'ai déjà dit, je me suis demandé si mon existence – y compris mon féminisme – n'avait pas été qu'un compromis. J'avais la sensation d'avoir manqué de sérieux. J'avais même été jusqu'à envisager l'écriture comme une sorte de passe-temps. Je ne sais pas si j'aurais le courage d'être comme elle parce que le plaisir, la beauté semblaient si absents de sa vie – l'absolue laideur physique de cette partie du monde est fascinante. Je ne suis pas sûre, dans des circonstances similaires, d'avoir l'énergie de me préoccuper de ces questions. C'est pourquoi j'ai été surprise de voir le nombre de femmes présentes à mes lectures – on aurait dit que mon travail était plus important pour elles que pour moi ! »

Le serveur vint prendre notre commande, une affaire qui dura un certain temps car Angeliki discuta chaque détail du menu, posa beaucoup de questions au fur et à mesure qu'elle avançait dans la liste des plats, questions auxquelles le serveur répondit sérieusement et parfois longuement sans jamais perdre patience. À côté d'elle, Paniotis roulait des yeux et lui fit quelques remontrances qui ne servirent qu'à ralentir le processus. Ils finirent par arrêter un choix et le serveur s'éloigna lentement à pas lourds pour qu'Angeliki le rappelle aussitôt après une petite inspiration, le doigt levé, ayant apparemment changé d'avis. Son médecin lui avait prescrit un régime spécial, m'expliqua-t-elle une fois le serveur reparti et disparu derrière les portes persiennes en acajou à l'autre bout du restaurant, car elle ne se sentait pas bien depuis son retour de Berlin. Elle était accablée par une léthargie tout à fait extraordinaire et – elle l'admettait sans honte – par une tristesse qu'elle supposait dues à l'épuisement autant physique qu'émotionnel accumulé après plusieurs années passées à l'étranger. Pendant six mois, elle avait été quasiment incapable de sortir de son lit ; durant cette période, dit-elle, elle avait découvert que son mari et son fils se débrouillaient sans elle bien mieux qu'elle ne l'aurait imaginé au point qu'une fois remise sur pied et de retour à une vie normale, son rôle à la maison s'était réduit. Son mari et son fils avaient pris en charge les tâches qu'elle avait toujours accomplies – ou pas, dit-elle – et avaient développé leurs propres habitudes que, pour beaucoup d'entre elles, elle n'aimait pas ; mais elle reconnut qu'on lui offrait là un choix et que si elle voulait se défaire de son ancienne identité, c'était le moment ou jamais. Certaines femmes y auraient vu la concrétisation de leur plus grande peur, dit-elle, en découvrant que l'on n'avait plus besoin d'elles, mais cela eut l'effet inverse sur Angeliki. Elle s'aperçut en outre que la maladie lui avait permis d'observer sa vie et celle de son entourage avec plus d'objectivité. Elle comprit qu'elle n'était pas aussi liée à eux qu'elle le pensait, surtout à son fils pour qui elle avait nourri dès sa naissance une inquiétude douloureuse, et qu'à force de le voir uniquement comme un être sensible et vulnérable, elle avait été incapable – elle s'en apercevait aujourd'hui – de le laisser seul ne serait-ce qu'une minute. Quand elle était revenue au monde, son fils n'était certes pas devenu un étranger, mais elle s'était sentie un peu moins douloureusement connectée à lui par chaque fibre de son corps. Elle l'aimait toujours, bien sûr, mais n'avait plus l'impression de devoir tout faire pour que la vie de son enfant soit parfaite.

« Il y a tellement de femmes, dit-elle, pour qui avoir un enfant est leur principale expérience créative alors que l'enfant ne se contentera jamais de n'être qu'une création ; à moins, dit-elle, que le sacrifice de la mère ne soit absolu, ce qui n'aurait jamais pu être possible dans mon cas et ne devrait l'être pour aucune femme de nos jours. Ma propre mère a vécu à travers moi sans jamais émettre la moindre critique, poursuivit-elle, et résultat, je suis entrée dans l'âge adulte sans être du tout préparée à la vie parce que personne ne m'accordait la même importance qu'elle. Puis un jour, vous rencontrez un homme qui vous trouve assez importante à ses yeux pour avoir envie de vous épouser, il vous paraît donc normal de dire oui. Mais c'est en devenant mère à votre tour que le sentiment d'importance se manifeste à nouveau pour de bon, dit-elle sur un ton de plus en plus passionné, sauf qu'à un moment donné vous vous apercevez que tout ceci – la maison, le mari, l'enfant – n'est pas si important, que c'est même tout le contraire : vous êtes devenue une esclave, on vous a oblitérée ! » Angeliki fit une pause théâtrale, le visage levé, les mains à plat sur la table au milieu des couverts. « Le seul espoir, reprit-elle plus calmement, est de faire de votre enfant et de votre mari des êtres assez importants à vos yeux pour que votre ego ait de quoi se maintenir en vie. Mais en fait, comme le note Simone de Beauvoir, une telle femme n'est jamais qu'un parasite, un parasite pour son mari et pour son enfant.

« À Berlin, continua-t-elle au bout d'un instant, mon fils est allé dans un collège privé très cher, payé par l'ambassade, où nous avons rencontré un grand nombre de gens riches qui fréquentaient le beau monde. Je n'avais jamais vu des femmes pareilles : presque toutes travaillaient – médecins, avocates, comptables –

et la plupart avaient beaucoup d'enfants, cinq ou six chacune, dont elles supervisaient l'existence avec une diligence et une énergie fascinantes ; bref, elles géraient leurs familles comme des entreprises prospères en plus de leurs exigeantes carrières professionnelles. Pour couronner le tout, ces femmes étaient soignées et dans une forme olympique : elles faisaient de la gym tous les jours, participaient à des marathons pour des organisations caritatives, étaient aussi fines et toniques que des lévriers et portaient toujours les vêtements les plus chers et les plus élégants même si, en général, leurs corps sinueux étaient asexués. Elles allaient à l'église, faisaient des gâteaux pour la kermesse de l'école, présidaient des débats de société, organisaient des dîners où l'on servait six plats, lisaient les derniers romans sortis, allaient à des concerts, jouaient au tennis et au volley le week-end. Une seule femme de ce genre, ce serait déjà impressionnant, dit-elle, mais à Berlin j'en ai rencontré des quantités. Et le plus drôle, c'est que je ne me souvenais jamais de leurs noms ni de ceux de leurs maris : en fait, dit-elle, je ne me rappelle pas un seul de ces visages, à part celui d'un enfant, un garçon de l'âge de mon fils, plus ou moins lourdement handicapé, qui se déplaçait dans une espèce de fauteuil motorisé équipé d'une tablette où reposait son menton pour lui maintenir la tête – qui, autrement, j'imagine, lui serait tombée sur la poitrine. » Elle s'arrêta, troublée comme si elle revoyait le visage du garçon. « Je ne crois pas que sa mère, reprit-elle, se soit jamais plainte de son sort : au contraire, en plus de tout le reste, elle levait inlassablement des fonds pour des associations spécialisées dans la maladie de son fils.

« Il y a des fois, dit-elle, où je me suis demandé si l'épuisement que j'ai éprouvé à notre retour de Berlin n'était pas l'épuisement collectif que ces femmes refusaient d'admettre et qu'elles m'avaient transmis. On avait toujours l'impression de les voir courir : elles couraient partout, pour aller au travail et en revenir, au supermarché, en groupe pour un footing dans un parc – elles se parlaient aussi facilement que si elles étaient immobiles – et si elles devaient s'arrêter à un feu, elles sautillaient sur place dans leurs énormes chaussures de course blanches jusqu'à ce que le feu passe au vert et qu'elles puissent reprendre leur progression. Le reste du temps elles portaient des chaussures plates à semelles en caoutchouc, suprêmement pratiques et suprêmement laides. Le seul détail inélégant chez elles était leurs chaussures, dit-elle, et je suis persuadée que la clé de leur nature mystérieuse réside là, car ces chaussures sont celles des femmes dénuées de vanité.

« Quant à moi, continua-t-elle en tendant un pied argenté de sous la table, je me suis mise à avoir un faible pour les chaussures quand nous sommes rentrés en Grèce. Peut-être est-ce parce que je commençais à entrevoir les vertus qu'il y a à rester immobile. Pour le personnage de mon roman, ce genre de chaussures représente une sorte d'interdit. Typiquement ce qu'elle ne porterait jamais. Elle éprouve même de la tristesse quand elle voit une femme chaussée de la sorte. Pendant longtemps, elle a cru que c'était parce que cette femme lui inspirait de la pitié, mais en y réfléchissant bien, c'est parce qu'elle se sent exclue, radiée du concept de féminité que ces chaussures représentent. Elle a presque l'impression de ne pas être une femme du tout. Mais dans ce cas, qu'est-elle donc ? Elle vit une crise de la féminité qui est aussi une crise de sa créativité alors qu'elle a toujours cherché à séparer les deux, convaincue qu'elles s'excluaient mutuellement, que l'une disqualifiait l'autre. Par la fenêtre de son appartement, elle aperçoit ces femmes qui courent dans le parc, qui courent sans cesse, et voudrait savoir si elles courent vers quelque chose ou s'il ne s'agit que d'une fuite en avant. Après une longue observation, elle s'aperçoit qu'elles tournent simplement en rond. »

Chargé d'un énorme plateau en argent, le serveur approcha. Il posa les différents plats sur la table. Après s'être donné tant de peine pour passer commande, Angeliki ne se servit que des quantités minuscules de nourriture, le front plissé et les sourcils froncés pendant qu'elle enfonçait sa cuiller dans chaque assiette. Paniotis me fit une sélection en m'expliquant à quoi correspondaient ces différents mets. Il me raconta que la dernière fois qu'il était venu dans ce restaurant, c'était la veille du départ de sa fille pour l'Amérique, encore une occasion où il n'avait pas voulu être dérangé par de simples connaissances dont la ville regorgeait déjà suffisamment à son goût. Au cours de ce repas, ils s'étaient remémoré des vacances qu'ils avaient passées sur la côte au nord de Thessalonique d'où venaient beaucoup de ces spécialités. Il brandit la cuiller et demanda à Angeliki si elle ne voulait pas en prendre un peu plus mais elle ferma à moitié les yeux et inclina la tête en guise de réponse, comme un saint qui refuse patiemment la tentation. Et toi, me dit-il, je t'ai très peu servie. J'expliquai que j'avais mangé des souvlakis au déjeuner. Paniotis grimaça, et Angeliki plissa le nez.

« C'est très gras, les souvlakis, dit-elle. Ajoutez ça à l'indolence et vous comprendrez pourquoi les Grecs sont si gros. »

Je demandai à Paniotis de quand datait ce voyage dans le nord avec sa fille, et il dit que cela remontait aux lendemains de son divorce. C'était la toute première fois qu'il emmenait seul ses enfants quelque part. Dans les collines à la sortie d'Athènes, il n'arrêtait pas de jeter des coups d'œil dans le rétroviseur vers la banquette arrière en se sentant aussi illégitime que s'il les avait kidnappés. Il pensait que ses enfants découvriraient son crime d'une minute à l'autre et réclameraient de rentrer sur-le-champ à Athènes pour retrouver leur mère, mais rien de ce genre n'arriva : en fait, ils ne firent aucun commentaire sur la situation au cours de ce long trajet durant lequel Paniotis s'imagina s'éloigner progressivement de tout ce qui lui était connu, rassurant et familier, et surtout de la sécurité d'un foyer qu'il avait construit avec sa femme, mais qui n'existait plus. Il ne supportait pas ce déplacement géographique, loin de tous ses malheurs, comme certaines personnes, dit Paniotis, ne supportent pas de s'éloigner de l'endroit où est mort un être cher.

« Je m'attendais à ce que, à tout instant, les enfants veuillent rentrer à la maison, dit-il, alors que c'était moi qui voulais rentrer : j'ai fini par comprendre que, pour eux, ils *étaient* à la maison dans la voiture, ne serait-ce que parce qu'ils y étaient avec moi. »

Face à cette révélation, il se sentit plus seul que jamais, dit-il ; son état ne s'améliora pas en arrivant à l'hôtel où ils devaient passer la nuit, un endroit proprement effrayant dans une station balnéaire miteuse balayée par les vents où un immeuble gigantesque avait été abandonné en cours de construction, si bien que le sol était jonché d'énormes tas de sable et de ciment, d'amas gigantesques de parpaings, et que de gros engins semblaient avoir été désertés en plein travail, des excavatrices chargées de pelletées de terre, des chariots élévateurs avec des palettes encore au bout de leurs fourches, le tout figé *in situ* comme des monstres préhistoriques engloutis dans le limon pendant que le bâtiment lui-même, un embryon avorté pris dans une volute de goudron encore frais, se dressait dans toute sa folie spectrale, regardant vers la mer par ses fenêtres sans vitres. L'hôtel était sale et infesté de moustiques, il y avait des grains de ciment entre les draps, mais Paniotis fut fasciné de voir ses enfants sauter et rire sur leur mauvais lit en métal avec sa couverture criarde en nylon, car jusqu'à présent – parfois parce qu'ils s'étaient organisés, mais souvent par simple hasard – sa femme et lui les avaient toujours emmenés dans des endroits beaux et confortables. De plus, il était intimement convaincu que sa vie serait désormais aussi malchanceuse qu'elle avait été fortunée un peu plus tôt ; il éprouvait une pitié terrible pour les enfants. Il avait réservé une chambre pour eux trois et finit par réussir à coucher ses enfants, mais pris en sandwich entre les deux, il resta éveillé des heures : « Jamais une nuit ne m'a paru aussi longue, dit Paniotis. Quand enfin le jour s'est levé, je ne sais comment, le temps était mauvais. C'est assez fréquent sur cette côte à Pâques. Il pleuvait des cordes et le vent soufflait si fort sur le bord de mer où était construit l'hôtel qu'il en arrachait l'écume des flots qui s'envolait par grandes brassées désolées pareilles à des fantômes traversant le ciel. Nous n'aurions pas dû bouger de la chambre, mais j'étais si déterminé à m'enfuir de là que j'ai installé les enfants à l'arrière de la voiture et j'ai démarré sous une pluie battante qui martelait le toit, à peine capable de voir où j'allais. Par endroits, la route n'était plus qu'un torrent de boue et tandis que nous remontions les collines qui surplombaient la côte, je me suis aperçu que nous risquions d'être emportés. Par-dessus le marché, les enfants s'étaient fait dévorer par les moustiques durant la nuit, et à force d'être grattées, certaines plaies menaçaient de s'infecter. Il me fallait donc trouver une pharmacie sauf que, avec cette pluie diluvienne, j'ai dû me tromper de chemin, parce que, au lieu de rejoindre l'autoroute, la route est devenue plus étroite et escarpée, et les collines de plus en plus désertes jusqu'à ce qu'on débouche sur une vraie chaîne de montagnes avec des ravins vertigineux de tout côté et de grands bancs de nuages accrochés aux sommets. L'orage avait forcé les troupeaux de chèvres et de cochons sauvages à dévaler les flancs de la montagne et il leur arrivait de débouler juste devant la voiture ; un peu plus loin, la route avait disparu sous une rivière en crue, les enfants hurlaient parce que de l'eau entrait par les vitres entrouvertes. Le ciel était si noir qu'on aurait cru que la nuit était tombée alors qu'on était en fin de matinée ; soudain, à travers les rideaux de pluie, j'ai aperçu un bâtiment avec de la lumière allumée. Ça paraît totalement incongru, mais c'était une auberge de montagne. Je me suis aussitôt garé, nous avons bondi hors de la voiture et couru jusqu'à l'entrée du petit immeuble en pierre, nos vestes remontées sur la tête, et nous avons ouvert la porte à la volée. C'était un endroit plutôt agréable, en fait, notre apparition a dû en surprendre plus d'un, débraillés et trempés comme nous l'étions, les enfants couverts de piqûres sanguinolentes. La salle principale était envahie de filles scouts, une trentaine au moins, portant toutes un uniforme qui consistait en une jupe bleu marine et un chemisier, un béret lui aussi bleu marine ainsi qu'une cravate jaune. Elles chantaient en français, accompagnées par une ou deux de leurs camarades sur de petits instruments de musique. Cette scène étrange me paraissait tout à fait acceptable après l'affreuse station balnéaire, la tempête et les chèvres prises de folie. À cette occasion, il s'est opéré un changement en moi, qui s'est confirmé depuis, je crois, car, pour la première fois, je voyais les choses telles qu'elles étaient sans que je me demande si cela correspondait ou non à mes attentes. Quand je repense aux périodes précédentes, surtout à mes années de mariage, je crois que ma femme et moi regardions le monde par le petit bout de la lorgnette, sûrs de nos idées préconçues, en maintenant une distance infranchissable avec ce qui nous entourait, une distance qui offrait une sorte de sécurité mais laissait aussi beaucoup de place à l'illusion. Nous n'avons jamais découvert, me semble-t-il, la véritable nature de ce que nous avions sous les yeux, pas plus que nous ne risquions d'en être affectés ; nous les observions, ces gens et ces lieux, comme les marins sur un navire regardent défiler la côte, et s'ils avaient eu des problèmes, ou le contraire, ni eux ni nous n'aurions pu y faire quoi que ce soit.

« C'était peut-être pour dire quelque chose d'approchant que j'ai eu l'envie subite et irrépressible de parler à ma femme et j'ai demandé à la propriétaire de l'auberge si elle avait un téléphone que je pourrais utiliser. Les scouts – qui appartenaient à une organisation religieuse assez connue en France, je crois, et qui, nous a-t-on dit, effectuaient une randonnée dans la région – s'étaient serrées pour nous laisser de la place sur les bancs autour d'une grande table en bois avant de reprendre joyeusement leur chant tandis qu'une pluie torrentielle continuait de tomber dehors. La femme m'a montré le téléphone et a proposé de préparer des chocolats chauds pour les enfants. Dans sa gentillesse, elle m'a aussi donné de la pommade pour leurs piqûres de moustiques. Dans la cabine téléphonique, j'ai composé le nouveau numéro de ma femme à Athènes, et j'ai été surpris d'entendre un homme décrocher. Quand j'ai fini par avoir Chrysta en ligne je lui ai raconté notre mésaventure, expliqué que nous étions perdus quelque part dans les montagnes en plein orage, que les enfants avaient eu peur, que les moustiques les avaient dévorés et que je doutais de ma capacité à gérer cette crise. Sauf qu'au lieu de me répondre sur le ton de la compassion et de l'inquiétude, elle n'a pas dit un mot. Son silence n'a duré que quelques secondes, mais dans cet intervalle où elle n'a pas réussi, pour ainsi dire, à reprendre son rôle dans le duo que nous avions formé toute notre vie, j'ai compris, une bonne fois pour toutes, que Chrysta et moi n'étions plus mariés, et que la guerre qui nous opposait n'était pas seulement une version plus amère de cet engagement à vie, mais bien une chose beaucoup plus mauvaise qui avait pour ambition la destruction, l'annihilation et le non-être. Cette chose exigeait par-dessus tout le silence : et j'ai compris que c'était la direction que prenaient mes conversations avec Chrysta, un silence que rien ne viendrait plus briser, même si cette fois-là, elle y a mis un terme. Je suis sûre que tu te débrouilleras d'une façon ou d'une autre, m'a-t-elle dit. La conversation s'est achevée peu après.

« En rejoignant mes enfants après cet échange, dit Paniotis, je ressentais un tel manque de confiance en moi que j'en avais presque le vertige. Je me rappelle m'être tenu près de la table en bois pendant un temps qui m'a paru infini alors que les scouts continuaient de chanter autour de moi. Mais au bout d'un moment, j'ai senti distinctement un point de chaleur dans mon dos et, en levant les yeux, j'ai vu de grands rayons de soleil entrer par les petits carreaux des fenêtres. Les scouts ont quitté la table et rangé leurs instruments. L'orage était passé ; la propriétaire des lieux a ouvert la porte pour laisser entrer plus de soleil. Mes enfants et moi nous sommes plantés à côté de la voiture dans ce monde étincelant et détrempé, je tremblais de tout mon être, et nous avons regardé la troupe de scouts prendre la route en sifflant jusqu'à ce qu'elles soient hors de vue. Ce qui m'a le plus frappé dans cette image, c'est que, manifestement, elles n'avaient pas l'impression d'être perdues et n'étaient aucunement effrayées par le brusque changement de météo ni même par les déclivités de la montagne. Elles ne prenaient rien personnellement. C'était la différence entre elles et moi, et, à cet instant, cela changeait tout.

« Durant cette dernière soirée que ma fille et moi avons passée dans ce restaurant, dit-il, elle m'a rappelé la randonnée que nous avions faite un peu plus tard ce jour-là. Elle ne se souvenait ni de l'hôtel, ni de l'orage, ni même des scouts, mais elle se rappelait notre descente dans la gorge de Loussios que nous avions décidé d'entreprendre après avoir passé un panneau d'indication sur la route. Il y avait un monastère dans cette gorge que je voulais visiter depuis longtemps, alors mes enfants et moi avons laissé la voiture sur le bord de la route et avons emprunté le chemin qui y menait. Elle n'avait pas oublié la marche sous le soleil près des cascades, les orchidées sauvages qu'elle a ramassées, et le monastère perché au bord d'un ravin formidable, où on lui a demandé d'enfiler une de ces longues jupes hideuses confectionnées dans de vieux rideaux qu'ils gardent dans un panier à l'entrée avec de la naphtaline pour que les femmes puissent entrer. Si elle a été traumatisée par quoi que ce soit, m'a-t-elle dit, ç'a été par cette jupe affreuse et puante. En remontant, dit Paniotis, comme le soleil tapait fort et que nos piqûres de moustiques nous grattaient plus que jamais, on s'est vite déshabillés et on a sauté dans l'un des étangs au pied des chutes d'eau, même s'il longeait le chemin et que nous aurions pu à tout moment être surpris par des promeneurs. L'eau était très froide, très profonde, rafraîchissante et limpide – on a dérivé un bon moment, le visage au soleil et le corps ondoyant comme trois racines blanches sous l'eau. Je nous y vois encore, dit-il, ces moments ont été d'une telle intensité que d'une certaine façon nous pourrions toujours les revivre, contrairement à d'autres qui tomberaient dans l'oubli. Pourtant, en dehors de ce que je vous ai raconté, ils ne sont rattachés à aucune histoire en particulier, dit-il. Ce temps passé à nager près de la cascade sort de nulle part : il ne s'intègre à aucune séquence d'événements, il existe en lui-même, alors que rien dans notre vie de famille d'avant n'existait jamais en soi parce que les situations ne cessaient de s'enchaîner, contribuaient sans cesse au récit de qui nous étions. Quand Chrysta et moi avons divorcé, tout s'est disjoint, même si j'ai tenté de croire l'inverse pendant des années. Mais il n'y a pas eu de suite à cette baignade, et il n'y en aura jamais. Ma fille est partie pour les États-Unis, dit-il, comme son frère avant elle, le plus loin possible de ses parents. Ce qui me rend triste, bien sûr, mais, en même temps, je ne peux pas m'empêcher de penser qu'ils ont fait le bon choix.

– Mais qu'est-ce que tu racontes là, Paniotis ! s'exclama Angeliki. Que tes enfants ont émigré à cause du divorce de leurs parents ? Mon ami, j'ai peur que tu ne te croies un peu trop important. Les enfants partent ou restent selon leurs ambitions : leur vie leur appartient. Je ne sais comment nous en sommes venus à nous convaincre qu'au moindre mot de travers nous les marquons à vie alors que, évidemment, c'est ridicule, et, de toute façon, pourquoi leur vie devrait-elle être parfaite ? C'est notre propre idée de perfection qui nous tourmente, et elle s'enracine dans nos désirs. Ma mère pense, par exemple, qu'il n'y a pas de plus grand malheur que d'être enfant unique. Elle ne supporte pas que mon fils n'ait pas de frères et sœurs, et je crains de lui avoir donné l'impression, afin qu'elle arrête de me rebattre les oreilles avec cette histoire, que cette situation n'était pas un choix. Du coup, elle me parle sans cesse de ce médecin dont elle a entendu parler et qui ferait des miracles : l'autre jour elle m'a envoyé un article sur une Grecque qui avait eu un bébé à cinquante-trois ans avec un mot me disant de ne pas perdre espoir. Pourtant, pour mon mari, il n'y a rien de plus normal à ce que notre fils grandisse seul parce que lui-même est fils unique. Quant à moi, bien sûr, ce serait désastreux d'avoir un autre enfant : je serais complètement submergée, comme tant d'autres femmes. Je me demande pourquoi ma mère souhaite me voir submergée à mon tour alors que j'ai un travail qui compte, qu'une grossesse ne serait pas dans mon intérêt, mais un vrai désastre, je le répète, et la réponse, c'est que ce désir est le sien, pas le mien. Je suis sûre qu'elle n'a pas envie que j'éprouve des complexes de ne pas être mère de six enfants, mais c'est précisément ce que son comportement me pousse à ressentir.

« Les aspects de la vie les plus étouffants, dit Angeliki, sont souvent ceux où nos parents ont projeté leurs propres désirs. Par exemple, on se lance dans notre existence d'épouse et de mère sans se poser de questions, comme si un élément extérieur nous propulsait ; à l'inverse, la créativité d'une femme, ce dont elle doute et qu'elle sacrifie toujours en faveur d'autres choses – alors qu'elle n'imaginerait pas une seconde sacrifier les intérêts de son mari ou de son fils – vient d'elle, d'un élan intérieur. Lors de mon séjour en Pologne, poursuivit-elle, je me suis juré de nourrir une vision moins sentimentale de la vie et s'il y a quelque chose que je regrette dans mon roman c'est que la situation matérielle des personnages soit si confortable. Le livre gagnerait en gravité, je crois, si elle l'était moins. Passer du temps avec Olga, dit-elle, m'a permis d'envisager certaines choses sous un autre jour, de même que des objets prennent une couleur plus vive quand on les sort de l'eau. Je me suis aperçue que la situation matérielle joue un grand rôle dans notre conception de la vie – de l'amour aussi – comme romance, et que, sans cela, l'accent n'est pas mis sur le même genre de sentiments. J'ai été très attirée par la dureté d'Olga, dit-elle, par la dureté de sa vie. Quand elle évoquait sa relation avec son mari, j'avais l'impression qu'elle parlait des pièces d'un moteur, qu'elle expliquait comment ces pièces fonctionnaient plus ou moins bien entre elles. Aucune romance là-dedans, rien qui ne soit dissimulé ou interdit d'être vu. Je n'étais donc pas du tout jalouse du mari mais quand elle a mentionné ses enfants et la photo d'elle qu'ils gardaient sous leur oreiller, j'ai éprouvé de la colère, la même colère que quand mon frère ou mes sœurs recevaient des attentions de ma mère. J'étais jalouse des enfants d'Olga ; je ne voulais pas qu'ils l'aiment de cette façon, qu'ils exercent ce pouvoir sur elle. Après quoi j'ai eu plus d'empathie pour le mari qu'on traitait comme un moteur de voiture, et puis elle m'a raconté qu'il était parti, à un moment donné, avait abandonné sa famille et s'était pris un appartement, incapable de supporter plus longtemps cette absence de sentimentalisme. Quand il est revenu, la vie a repris comme avant. Est-ce qu'elle ne lui en voulait pas de l'avoir abandonnée seule avec les enfants ? Au contraire, elle était contente de le voir. Nous sommes très honnêtes l'un envers l'autre, m'a-t-elle dit, donc je savais que, s'il revenait, c'était qu'il acceptait l'organisation de notre vie. J'ai essayé d'imaginer, a repris Angeliki, à quoi ressemblait ce mariage où personne n'avait à promettre quoi que ce soit ni à s'excuser, où l'un n'était pas obligé d'acheter des fleurs pour l'autre ni de lui cuisiner un repas spécial avec bougies pour créer une atmosphère flatteuse, ni de réserver des vacances pour aider à surmonter les problèmes ; j'ai tenté d'imaginer un mariage où il fallait faire sans toutes ces choses, vivre ensemble honnêtement et à découvert. Malgré cela, je n'arrêtais pas de penser aux enfants, et à cette fameuse photo parce qu'elle suggérait qu'Olga était coupable de sentimentalisme, que la romance ne lui était pas étrangère, seulement c'était une romance entre une mère et ses enfants – si elle en était capable pour ses enfants, alors pourquoi pas pour le reste ? Je lui ai avoué ma jalousie pour ses enfants que je n'ai jamais rencontrés, et elle m'a répondu : forcément, Angeliki, puisque tu n'as jamais grandi, et c'est ça qui te permet d'être écrivain. Crois-moi, m'a dit Olga, tu as beaucoup de chance : j'ai vu ma fille grandir du jour au lendemain quand son père est parti. Durant cette période, m'a-t-elle dit, elle est devenue extrêmement hostile envers les hommes : Olga se souvenait de l'avoir emmenée un jour dans un musée à Varsovie et l'enfant s'était réjouie en voyant un tableau religieux représentant Salomé brandissant la tête décapitée de saint Jean Baptiste. Une autre fois, Olga l'avait grondée parce qu'elle avait fait des commentaires désobligeants sur le sexe opposé et sa fille avait dit qu'elle ne comprenait pas pourquoi il fallait que les hommes existent. On n'a pas besoin des hommes, avait-elle ajouté, on a juste besoin d'avoir des mères et des enfants. Olga a concédé qu'elle était en partie responsable de la perception que sa fille avait des choses, mais la vérité nue était qu'elle n'aurait jamais abandonné ses enfants comme l'avait fait son mari, même si l'amour qu'il leur portait n'était pas à mettre en cause ; elle-même n'aurait tout bonnement pas été capable de faire une chose pareille. Il restait donc à expliquer s'il s'agissait là d'un fait biologique ou de la simple conséquence d'un conditionnement. Tu aurais fait la même chose, m'a dit Olga, si tu avais été dans cette situation. » Angeliki se tut un instant. « J'ai dit qu'au contraire, d'après moi, mon fils appartient plus à son père qu'à moi. Mais elle a refusé d'entendre cette possibilité, sauf si j'avais un respect inhabituel pour l'autorité, m'a-t-elle dit. Là, je n'ai pas pu me retenir de rire : que moi, entre tous, je nourrisse un respect excessif pour l'autorité masculine ! Mais pour des raisons évidentes, j'ai beaucoup réfléchi à cette remarque depuis, dit Angeliki. Dans mon roman, le personnage est écartelé entre son désir d'être libre et sa culpabilité vis-à-vis de ses enfants. Elle souhaite simplement que sa vie ne fasse qu'un plutôt que d'être une éternelle série de contradictions qui, où qu'elle regarde, la déconcertent. Bien sûr, elle peut résoudre ce problème en détournant sa passion vers ses enfants, là, elle ne blessera personne ; et c'est la solution qu'elle choisit à la fin. Pourtant, je suis en désaccord avec ce choix », dit Angeliki en réarrangeant le joli tissu gris de ses manches.

Le serveur surgit à côté de notre table ; apparemment le restaurant allait fermer, alors Angeliki se mit debout en regardant sa petite montre argentée et déclara qu'elle s'était tellement amusée qu'elle n'avait pas du tout vu le temps passer. Elle devait se lever tôt le lendemain matin pour une émission télévisée ; « mais ce fut un grand plaisir de vous rencontrer, dit-elle en me tendant sa main. Je crois que Paniotis aurait préféré vous avoir pour lui tout seul, mais puisque vous étiez en ville, je crains d'avoir fortement revendiqué mon droit à participer à cette soirée. Je garderai un souvenir précieux de notre conversation, dit-elle en me serrant le bout des doigts, et peut-être que nous pourrons la poursuivre entre femmes la prochaine fois que je viendrai à Londres ».

Elle ouvrit son sac et prit une petite carte de visite qu'elle me tendit ; sa robe tourbillonna, ses talons renvoyèrent un éclat argenté et elle s'éclipsa, me laissant juste le temps d'apercevoir son visage passer brièvement devant la terrasse, affichant une fois de plus cette configuration frappante de plis inquiets, mais qui s'éclaira quand, croisant mon regard à travers la vitre, elle leva la main en signe d'au revoir.

« Si tu m'y autorises, dit Paniotis, je vais te raccompagner jusqu'à ton appartement. »

Alors que nous avancions dans le noir, sur le trottoir brûlant en direction de la rue principale avec ses lumières tremblotantes et sa circulation incessante, il m'expliqua qu'Angeliki lui en voulait parce qu'il publiait une anthologie de littérature grecque où son travail ne figurait pas.

« La vanité, dit-il, est la malédiction de notre culture ; ou alors, c'est mon refus inaltérable de croire que les artistes sont aussi des êtres humains. »

Je lui répondis que, en fait, j'étais contente d'avoir vu Angeliki même si elle semblait avoir oublié que nous nous étions déjà rencontrées à une lecture que j'avais donnée il y a plusieurs années à Athènes et à laquelle elle avait assisté avec son mari. Cela fit rire Paniotis.

« C'était une autre Angeliki, dit-il, une Angeliki qui n'existe plus et n'apparaît plus dans aucun livre d'histoire. Angeliki l'auteure connue, la féministe de renommée internationale, elle, te rencontrait pour la première fois de sa vie. »

Au pied de mon immeuble, Paniotis observa les silhouettes plus grandes que nature sur la vitrine du café plongé dans le noir, la femme qui continuait de rire, l'homme qui continuait de la regarder en plissant les yeux, plein de charme et de fausse modestie.

« Au moins, ils sont heureux », dit-il. Il ouvrit sa mallette et en sortit une enveloppe qu'il me remit. « Cela reste ta vérité, dit-il, quoi qu'il arrive. N'aie pas peur de la regarder en face. »

6

C'était un groupe étrange – un drôle d'assortiment, ainsi que l'avait formulé Ryan. Méfie-toi du gamin avec ses trois poils de barbe et sa coupe à la Demis Roussos, il ne sait pas la boucler.

La pièce était petite et grise mais avait de grandes fenêtres qui donnaient sur la place Kolonaki, un lieu cerné par du béton où les gens venaient lire le journal à l'ombre des platanes sur les bancs eux aussi en béton et couverts de graffitis. Les espaces surchauffés étaient toujours désertés à dix heures du matin. Les pigeons tournaient en rond par groupes dépenaillés sur les dalles, tête baissée pour picorer.

Les étudiants discutaient de savoir si les fenêtres devaient être ouvertes car il faisait un froid malsain dans la pièce et personne n'avait été capable d'arrêter l'air conditionné. Il fallait également décider de garder la porte ouverte ou fermée, la lumière allumée ou pas et savoir si l'ordinateur qui projetait un rectangle bleu sur le mur et vrombissait légèrement serait utilisé ou s'il fallait l'éteindre. J'avais déjà repéré le garçon mentionné par Ryan grâce à sa crinière noire bouclée qui lui tombait en cascade sur les épaules, et le duvet aux poils un peu plus clairs niché sur sa lèvre supérieure. Quant aux autres, difficile de se faire une opinion. Il semblait y avoir plus ou moins autant d'hommes que de femmes, mais pas un élève ne se ressemblait en termes d'âge, d'origine sociale ou de style vestimentaire. Ils s'étaient installés autour d'une grande table en Formica, constituée, en fait, de tables plus petites et regroupées pour former un carré. Il régnait une atmosphère d'incertitude, presque de malaise dans cette salle anonyme. Je me suis rappelé que ces gens attendaient quelque chose de moi ; que même s'ils ne me connaissaient pas, eux étaient venus pour qu'on les sorte du lot.

On décida d'ouvrir les fenêtres, mais de fermer la porte et la personne la plus proche de chaque côté de la pièce se chargea de cette tâche. Le garçon de Ryan remarqua qu'il paraissait étrange d'ouvrir les fenêtres pour réchauffer une pièce, mais que la science occasionnait beaucoup de renversements de ce genre dans nos rapports à la réalité et que certains étaient plus utiles que d'autres. Nous devrions accepter d'être incommodés par ce qui est pratique, dit-il, de même qu'il nous faut tolérer les défauts de ceux que nous aimons : rien n'est jamais parfait. Beaucoup de ses compatriotes, continua-t-il, croyaient que l'air conditionné était dangereux pour la santé, et depuis quelque temps, un mouvement militait à travers le pays pour le laisser éteint dans les bureaux et les bâtiments publics, une sorte de retour à la nature qui, en soi, correspondait à un perfectionnisme d'un certain type, même si cela voulait dire que tout le monde avait très chaud ; ce qui entraînera forcément la réinvention de l'air conditionné, conclut-il non sans ravissement.

Je pris une feuille de papier et, avec un stylo, je dessinai la grande table carrée à laquelle nous étions assis. Je demandai leurs noms aux dix participants et les inscrivis chacun à leur place autour du carré. Puis je leur demandai s'ils pouvaient me parler de quelque chose qu'ils avaient remarqué en chemin. Dans la transition, il y eut un long silence traînant ; les gens se raclaient la gorge, réarrangeaient les papiers devant eux ou regardaient dans le vide. Puis une jeune femme du nom de Sylvia, d'après mon diagramme, prit la parole après avoir jeté un coup d'œil circulaire à la pièce, sans doute pour s'assurer que personne d'autre n'allait prendre l'initiative. À son petit sourire résigné, je compris qu'elle se retrouvait souvent dans cette position.

« En descendant du train, commença-t-elle, j'ai remarqué un homme sur le quai avec un petit chien blanc sur l'épaule. L'homme était très grand et brun, précisa-t-elle, et le chien assez beau. Il avait un pelage bouclé d'un blanc neigeux, et, perché sur l'épaule de son maître, il regardait autour de lui. »

Un nouveau silence s'ensuivit. Puis un tout petit homme d'apparence très soignée – Theo, d'après mon croquis – qui s'était présenté vêtu d'un costume à fines rayures leva la main avant de s'exprimer.

« Ce matin, dit-il, je traversais la place au pied de mon immeuble pour rejoindre le métro quand, sur un des murets en béton, j'ai vu le sac à main d'une femme. C'était un sac très grand, manifestement très coûteux, dit-il, fabriqué dans un cuir verni noir rutilant avec un fermoir doré au sommet et il était posé là, ouvert, sur le muret. J'ai observé les lieux au cas où j'apercevrais une femme susceptible de posséder un tel article, mais la place était déserte. Je me suis demandé s'il avait été volé et abandonné là, vide, mais en m'approchant pour examiner son contenu – puisque, encore une fois, il était grand ouvert et que je pouvais donc regarder à l'intérieur sans le toucher –, j'ai constaté qu'il renfermait un portefeuille en cuir, un trousseau de clés, de la poudre compacte ainsi qu'un rouge à lèvres, et même une pomme sans doute prévue pour la pause de quatre heures. Je suis resté là un bon moment à attendre que quelqu'un vienne, mais comme il ne se passait rien, j'ai fini par me diriger vers le métro car je risquais de me mettre en retard. Mais, en route, j'ai pensé que j'aurais dû déposer le sac dans un commissariat. »

Theo se tut, son récit apparemment achevé. Les autres lui assenèrent une volée de questions. Puisqu'il s'était rendu compte qu'il aurait dû confier le sac à la police, pourquoi n'avait-il pas fait demi-tour ? S'il était en retard, pourquoi n'avait-il pas remis simplement le sac à un commerçant ou au premier kiosque croisé, ou même expliqué la situation à un passant ? Il aurait aussi pu emporter le sac et passer les appels nécessaires à un moment plus propice – c'était toujours mieux que de l'abandonner là pour que quelqu'un le vole pour de bon ! Theo encaissa cet interrogatoire bras croisés sur la poitrine, une expression affable sur son petit visage soigné. Au bout d'un long moment, une fois le flot de questions tari, il reprit son histoire :

« Je faisais demi-tour après avoir traversé la place, dit-il, parce que je venais de penser à la police et, là, je vois un jeune policier à mi-chemin entre le sac posé sur le muret et moi. Il n'y avait que deux directions possibles au bout de l'allée qu'il empruntait : en prenant à droite, il serait venu vers moi, et en prenant à gauche, il serait tombé sur le sac. S'il tournait à droite, j'aurais été obligé de l'informer de ce qui se passait, de l'accompagner pour remplir toute la paperasserie et perdre du temps comme toujours dans ce genre de situation. Heureusement pour moi, dit Theo, il a tourné à gauche et je suis resté à mon poste jusqu'à ce qu'il arrive devant le sac, regarde autour de lui à la recherche de la propriétaire et examine son contenu comme je l'avais fait, avant de finalement l'emporter avec lui. »

Le groupe applaudit chaleureusement la performance tandis que Theo souriait toujours avec affabilité. Il était intéressant de constater, dit le garçon aux cheveux longs – Georgeou, ainsi que mon diagramme me l'indiquait –, qu'une histoire ne puisse être qu'une simple suite d'événements dans laquelle nous croyons être impliqués alors que nous n'avons absolument aucune influence sur elle. Lui-même n'avait rien remarqué en venant : en général, il ne remarquait pas ce qui ne le concernait pas, justement pour cette raison, et il trouvait très dangereux cette tendance à bâtir de la fiction à partir de notre expérience parce que cela nous persuadait qu'il y avait une sorte de dessein derrière toute vie humaine qui nous rendait plus importants que nous ne l'étions en réalité. Quant à lui, son père l'avait accompagné en voiture : en chemin, ils avaient eu une conversation très intéressante sur la théorie des cordes et, en arrivant, il était monté directement dans la salle de classe.

« Il est tout à fait faux, dit la jeune femme assise à côté de lui avec une expression perplexe, de croire que la vie n'est pas une histoire ; que notre existence n'a pas une forme distincte avec un début et une fin, avec ses thématiques, ses événements et ses personnages. » De son côté, sur le chemin qui l'avait menée jusqu'ici, elle était passée devant une fenêtre ouverte d'où sortait le son d'un piano. Il s'avéra que l'immeuble était un conservatoire comme celui qu'elle avait quitté deux ans plus tôt après avoir abandonné tout espoir de devenir musicienne professionnelle ; elle reconnut le morceau, une fugue en ré mineur des *Suites françaises* de Bach, un morceau qu'elle avait toujours aimé et l'entendre de manière aussi inattendue, là, sur le trottoir, éveilla en elle un terrible sentiment de perte. À croire que la musique lui avait appartenu autrefois, mais que ce temps était révolu ; comme si on lui avait retiré l'accès à cette beauté, qu'on l'avait obligée à la voir en possession de quelqu'un d'autre et à revivre la tristesse de n'avoir pu, pour un certain nombre de raisons, rester dans le monde de la musique. Il ne fait aucun doute, dit-elle, que si quelqu'un d'autre était passé devant cette fenêtre et avait entendu la fugue, ses impressions auraient été totalement différentes. En soi, la musique qui sortait de ce bâtiment ne signifiait rien, et quels que soient les sentiments qui lui étaient attachés, ils n'avaient aucun rapport avec la raison pour laquelle cette musique était jouée ou la fenêtre laissée ouverte, permettant ainsi aux passants de l'entendre. De même, une personne qui aurait observé cet événement depuis le trottoir d'en face, dit-elle, n'aurait pas pu en deviner les tenants et les aboutissants. Elle n'aurait vu qu'une fille s'arrêtant pour écouter de la musique sortant d'un immeuble.

« Et de fait, commenta Georgeou, le doigt levé en l'air en affichant soudain un large sourire, c'est bien ce qui est arrivé ! »

La jeune femme – prénommée Clio – devait approcher la trentaine, mais elle avait un air enfantin, ses cheveux sombres attachés en queue-de-cheval, sa peau pâle et cireuse dépourvue de maquillage. Elle portait une sorte de tunique sans manches qui accentuait la simplicité générale de son apparence. Je l'imaginais en train de faire ses gammes dans une salle monacale, les doigts glissant à une vitesse étonnante sur les touches noires et blanches. Elle regarda Georgeou avec une expression des plus passives et calmes, persuadée qu'il allait préciser sa pensée.

Heureusement, reprit Georgeou, il y a cette chose infinie qu'on appelle possibilité et cette autre, tout aussi utile, appelée probabilité. Le conservatoire, un lieu dévolu à la formation de musiciens professionnels dans l'esprit d'une majorité de gens, nous en offre une magnifique démonstration. Par ailleurs, la plupart des gens savent plus ou moins ce qu'est un musicien professionnel et se doutent que, dans ce genre de carrière, la possibilité d'échouer est aussi grande que celle de réussir. En entendant la musique sortir du bâtiment, donc, ils peuvent facilement imaginer que l'interprète est celui qui prend un risque et dont le destin peut basculer vers l'une de ces deux issues, toutes deux imaginables par une personne ordinaire.

« Autrement dit, continua Georgeou, je pourrais deviner ton histoire par déduction en me fondant sur les faits et ma propre expérience de la vie qui est la seule chose dont je sois sûr : dans mon cas, l'expérience de l'échec et plus particulièrement cette incapacité à me souvenir des constellations de l'hémisphère Sud qui me contrarie énormément. » Il croisa les mains et les regarda d'un air déprimé.

Je demandai son âge à Georgeou et il répondit qu'il avait fêté ses quinze ans la semaine précédente. Son père lui avait offert un télescope qu'ils avaient monté sur le toit de leur immeuble et qui lui permettait d'observer le ciel, surtout les phases de la lune qui l'intéressaient beaucoup. J'étais ravie qu'il soit aussi content de son cadeau, dis-je, mais il était peut-être temps d'écouter ce que les autres avaient à dire. Il acquiesça, son visage soudain lumineux. Il souhaitait juste ajouter, dit-il, qu'il connaissait la fugue en ré mineur des *Suites françaises* : son père lui avait passé le disque et ce morceau lui avait toujours paru optimiste.

Après quoi, sa voisine se mit à parler.

« La musique, dit-elle avec une langueur rêveuse. La musique trahit les secrets ; elle est plus traîtresse encore que les rêves qui ont au moins la vertu d'être privés. »

La femme qui s'exprimait de la sorte était rayonnante bien qu'excentrique, âgée d'une cinquantaine d'années et d'une beauté abîmée qu'elle portait de manière assez majestueuse. La structure osseuse de son visage était si impressionnante qu'elle en était presque grotesque, une impression qu'elle avait choisi d'accentuer – avec un humour proprement calculé, me semblait-il – en noyant ses yeux bleus déjà énormes dans un océan d'ombre bleu et vert exotique puis en soulignant maladroitement les paupières avec un bleu plus vif encore ; du blush rose brossait des traits grossiers sur ses pommettes saillantes et sa bouche bizarrement lippue et tombante était couverte d'une épaisse couche de rouge à lèvres rouge mal appliqué. Elle arborait une grande quantité de bijoux en or, portait une robe elle aussi bleue en mousseline de soie qui lui découvrait la peau du cou et des bras qu'elle avait très mate et densément ridée. D'après mon schéma, elle s'appelait Marielle.

« Pour vous donner un exemple, continua-t-elle après une longue pause, ses énormes yeux bleus passant d'un visage à l'autre, c'est en entendant mon mari chanter "L'amour est un oiseau rebelle" sous la douche que j'ai compris qu'il me trompait. » Elle se tut une fois de plus, pinçant non sans mal ses grosses lèvres sur ses dents protubérantes de devant pour les humecter. « Il chantait le rôle de Carmen, reprit-elle, même si je ne crois pas qu'il se soit aperçu de son erreur ou qu'il s'en serait soucié. Il n'a jamais été attentif aux détails car c'est une personne toujours dans les extrêmes qui n'aime pas être prisonnière des faits. Il chantait donc de joie tant il était agréable d'être soi dans notre appartement par cette matinée ensoleillée, sa maîtresse cachée quelque part à l'autre bout de la ville pendant qu'il se douchait dans sa salle de bains en pierre de travertin ornée de dorures et où il aime bien exposer quelques œuvres d'art résistant à l'humidité ainsi qu'un fragment de frise du Parthénon soi-disant manquant et qu'il utilise comme porte-savon ; nous venons également de faire installer un nouveau système d'eau à haute pression et les serviettes qu'il a commandées chez Saks Fifth Avenue à New York vous enveloppent comme un bébé dans les bras de sa mère, à vous en donner envie de vous recoucher.

« Quant à moi j'étais dans la cuisine, dit-elle, en train de presser des oranges. Je m'étais préparé le plus délicieux des petits déjeuners, avec le melon du marché le plus mûr possible et une tranche de fromage frais que j'avais acheté à une femme qui élève des chèvres merveilleuses sur une colline près de Delphes, quand j'ai entendu chanter mon mari. J'ai su immédiatement ce que cela voulait dire. Quel idiot, ai-je pensé – a-t-il vraiment besoin de hurler comme ça pour que je l'entende jusque dans la cuisine ? Que je l'entende moi, la seule qui sache la raison pour laquelle cette histoire de trahison digne d'un soap-opera lui était passée par la tête, pourquoi il s'était choisi le meilleur rôle comme il prenait toujours le meilleur morceau dans mon assiette en se contentant de tendre un bras et de se servir de tout ce qui lui plaisait, même si je m'étais justement gardé le meilleur pour la fin. Pourquoi n'avait-il pas pu fermer son clapet ? Et tout cela avant que j'aie eu la chance d'avaler ce beau petit déjeuner que mon mari trouverait intact sur le comptoir lorsqu'il sortirait de la douche : son bonheur, je le savais, serait complet. »

Elle fit une pause pour remettre une mèche de cheveux teinte en blond jaune vif derrière son oreille et s'humecter une fois de plus les lèvres avant de reprendre. « Ce matin, dit-elle, j'avais prévu de passer à son bureau en venant ici pour discuter de questions financières sur lesquelles nous sommes de toute façon toujours d'accord. Le manque de considération de mon mari va de pair avec une absence totale de malveillance. C'est un homme qui a très bon goût, soupira-t-elle, ce qui a toujours été pour moi une espèce de torture parce que je suis une bonne élève et que je n'ai pas pu m'empêcher d'apprendre à connaître parfaitement ses goûts, tant et si bien que je suis même capable de deviner ce qu'il veut avant qu'il ne le sache lui-même, et que, en matière de femmes, j'ai acquis un don tout à fait prophétique au point où je les vois presque avec ses yeux et sens le genre de désir qu'il a pour elles. J'ai donc fini par apprendre à fermer les yeux ; et si seulement je m'étais souvenue de faire aussi la sourde oreille ce matin-là dans la cuisine, je serais peut-être encore en train de regarder mon assiette et de m'apercevoir que le meilleur morceau en a disparu.

« Aujourd'hui, en sortant de l'ascenseur au treizième étage, j'ai découvert que son bureau avait changé du tout au tout. La décoration avait été entièrement repensée : le nouveau thème était le blanc et mon mari étant quelqu'un d'extrême, il avait manifestement décidé que tout ce qui n'était pas blanc – dont certains employés – devait rester invisible. Du coup, ma très chère amie Martha, sa secrétaire, n'était plus à son bureau près de la grande fenêtre, son bureau où elle gardait son panier-déjeuner, les photos de ses enfants et une paire de chaussures plates pour marcher, ce bureau où nous avions l'habitude de nous asseoir pour discuter et où elle m'informait de tout ce que j'avais besoin de savoir en omettant toutes les choses inutiles – Martha avait disparu, même si mon mari m'a assuré que son poste n'avait pas été supprimé, mais qu'on lui avait simplement attribué un bureau au fond des locaux pour qu'aucun client ne la voie. À sa place, près de la fenêtre, dans cet environnement cent pour cent blanc qui ne cessait de me rappeler ce fameux matin dans la cuisine et ce morceau de fromage de chèvre frais et blanc que j'avais abandonné pour toujours dans son assiette, se tenait une nouvelle jeune femme. Bien sûr, elle était habillée en blanc et avait la peau aussi pâle que celle d'un albinos ; ses cheveux aussi étaient complètement blancs à l'exception d'une longue mèche qui ressortait comme une plume sur sa tête et qui était teinte – c'était le seul éclat de couleur dans la pièce – en bleu très vif. En redescendant par l'ascenseur, je me suis émerveillée du pur génie de cet homme qui avait aussi réussi durant cette visite à m'arracher mon pardon aussi habilement qu'un pickpocket vous subtilise votre portefeuille et me renvoyait dehors plus légère bien que plus pauvre, avec cette plume bleue plantée dans mes pensées comme sur le chapeau d'un mendiant. »

Marielle se tut et leva son visage creusé de rides, ses yeux énormes regardant droit devant elle. Il était assez courant, remarqua l'homme à sa gauche, que les jeunes se servent de leur apparence pour choquer ou mettre les autres mal à l'aise : il avait vu – comme nous, à n'en pas douter – des coupes de cheveux beaucoup plus excentriques que celle décrite par Marielle, sans parler des tatouages et des piercings d'une nature parfois violente en apparence, qui pourtant ne nous informaient en rien sur ceux qui en étaient affublés, au demeurant, des gens souvent très doux et dociles. Il lui avait fallu beaucoup de temps pour accepter cette idée car il avait tendance à porter des jugements hâtifs, à penser que la forme, et donc les apparences, équivalait au fond et avait peur de ce qu'il ne comprenait pas ; et même si, à strictement parler, il ne comprenait pas les raisons qui poussaient les gens à se mutiler, il avait appris à ne pas y attacher trop d'importance. Il considérait plutôt ces démonstrations extrêmes comme le signe d'un grand vide intérieur, une futilité qu'il pensait découler d'un manque d'engagement dans un système de croyances qui ait du sens. Ses pairs – et il n'avait que vingt-quatre ans même s'il avait conscience de faire plus vieux – se montraient bizarrement indifférents aux débats sur la religion et la politique de leur temps. Pour lui, en revanche, l'éveil à la politique avait marqué l'éveil de toute sa sensibilité, lui avait donné une façon d'exister dans le monde, quelque chose qui le rendait fier tout en faisant peser sur lui une certaine angoisse, une espèce de culpabilité qu'il avait du mal à expliquer.

Ce matin, par exemple, pour arriver jusqu'ici, il avait traversé un quartier de la ville où l'été précédent – comme on s'en souvenait tous – s'étaient produites des manifestations auxquelles ses amis en politique et lui avaient fièrement participé. Il avait suivi exactement le même chemin que ce jour-là, emprunté des rues qu'il n'avait pas revues depuis et fut envahi par l'émotion à l'évocation de ces souvenirs. À un moment donné, il traversa une allée flanquée de deux rangées d'immeubles pareils à des coquilles calcinées : à travers les fenêtres béantes, il voyait l'intérieur dévasté et caverneux, noirci et fantomatique, la pagaille et les détritus de ce qu'ils avaient détruit, le tout tel quel puisque, un an après, personne n'était venu nettoyer les dégâts. Il ne se rappelait pas exactement comment ces immeubles avaient pris feu, mais ça s'était passé durant la soirée et les incendies s'étaient vus dans tout Athènes. Des agences de presse avaient envoyé des images de la fumée qui s'élevait en volutes au-dessus de la ville, des images qui avaient été relayées partout dans le monde ; cela avait été à la fois excitant, il n'allait pas le nier, mais aussi un moyen nécessaire – croyait-il – pour faire passer le message des manifestants. Néanmoins, tout ce qu'il éprouvait en regardant ces ruines désolées était de la honte au point qu'il avait cru entendre la voix de sa mère qui lui demandait si c'était vraiment lui qui était responsable de tout ce désordre parce que des gens lui avaient dit que c'était le cas, mais tant qu'il ne le confirmerait pas, elle ne saurait pas s'il fallait les croire ou non.

Enfant, poursuivit-il – il s'appelait Christos d'après mon dessin –, il avait été si timide et maladroit que sa mère avait décidé de lui faire prendre des cours de danse dans l'espoir que cela lui donnerait confiance. Ces cours, qui se tenaient dans une salle non loin, étaient suivis par des filles du quartier et un petit nombre de garçons – des barbares, tous autant qu'ils étaient – et avaient été un tel supplice qu'il avait encore du mal à le raconter. Le problème ne résidait pas que dans son obésité ou son manque de confiance physique : il avait si peur de se montrer que, dans de telles situations, il en venait inexplicablement à se faire tomber. J'étais pris dans une espèce de spirale, dit-il, comme l'appel du vide pour les gens qui ont le vertige ; il ne supportait tout bonnement pas qu'on le regarde, et vouloir qu'il danse revenait à lui demander d'avancer sur une corde raide où l'appréhension d'une chute était si forte qu'elle finirait bien par la provoquer. Donc il tombait, à maintes reprises, saisi d'angoisse, humilié et battant des bras au milieu des pieds virevoltants des autres enfants, pareil à une baleine échouée, ce qui lui valut tant de moqueries que la professeure suggéra qu'il arrête les cours et reste chez lui.

« Imaginez donc mon horreur, dit-il, quand enfin parvenu à l'université j'ai rencontré ce groupe de personnes sympathiques qui partageaient mes idées, les amis dont j'avais toujours rêvé, et dont le principal passe-temps, la passion dévorante – après la politique –, était la danse. Soir après soir, ils m'invitaient à sortir danser, ce que bien sûr je refusais. Ma plus grande complice dans ce nouveau groupe, Maria, une jeune femme avec qui j'avais les discussions politiques les plus exaltées, avec qui je partageais tout y compris mon amour des mots croisés dont nous complétions plusieurs grilles par jour ensemble – même Maria était déçue que je refuse de participer à cette activité traumatisante. Crois-moi, disait-elle – comme ma mère autrefois –, crois-moi, tu vas t'amuser. J'en suis venu à penser que si je n'allais pas danser, je finirais par perdre son amitié même si j'étais également sûr de la perdre quand elle me verrait sur la piste. Il n'y avait pas d'issue alors j'ai accepté de les accompagner un soir dans la boîte qu'ils fréquentaient toujours. Le lieu n'avait rien à voir avec ce que j'avais imaginé car il était coupé du monde moderne. Il était entièrement dédié à la mode et à la musique des années cinquante : les gens s'y rendaient habillés comme à l'époque et dansaient ce qu'ils appelaient le lindy hop. En voyant ça, j'ai été plus terrifié que jamais ; mais peut-être que le meilleur moyen d'affronter nos peurs, dit-il, est de les travestir, si je puis dire, de les traduire, car, souvent, cet acte pourtant simple rend les choses inoffensives. Cela libère les manies – on pourrait presque parler de carcans – de notre personnalité et de notre tournure d'esprit ; je me suis avancé sur la piste, dit Christos, main dans la main avec Maria, convaincu que j'allais m'étaler de tout mon long, mais la musique a démarré – une musique joyeuse et irrésistible qu'aujourd'hui encore je ne peux pas entendre sans que toute ma mélancolie et mes doutes s'évaporent – et, au lieu de tomber, je me suis envolé, très haut, j'ai tournoyé indéfiniment, si vite et si haut que je semblais même avoir quitté mon enveloppe corporelle. »

Mon téléphone sonna sur la table devant moi. Le numéro de mon fils cadet s'afficha. Je décrochai et lui dis que je le rappellerais plus tard.

« Je suis perdu, annonça-t-il. Je ne sais pas où je suis. »

Tenant le téléphone devant ma poitrine, j'annonçai au groupe qu'il me fallait régler une petite urgence et que nous allions faire une courte pause. Je sortis dans le couloir où des listes, des prospectus et des bulletins étaient punaisés sur des panneaux d'affichage : des appartements à louer, des services de photocopie, des concerts à venir. Je demandai à mon fils s'il voyait un panneau avec un nom de rue.

« Je vais regarder », dit-il.

J'entendais la circulation en fond et le bruit de sa respiration. Au bout d'un moment, il me donna le nom de la rue, et je lui demandai comment il avait atterri là.

« J'allais à l'école », se justifia-t-il.

Je lui demandai pourquoi il n'avait pas suivi l'itinéraire que je lui avais conseillé cette semaine avec son ami Mark et sa mère.

« Mark ne va pas en cours aujourd'hui. Il est malade. »

Je lui dis de faire demi-tour et de revenir par le chemin qu'il avait emprunté, de m'indiquer le nom des rues qu'il croisait et, quand il arriva à la bonne rue, je lui dis de la prendre et de continuer tout droit. Après quelques minutes durant lesquelles j'entendis sa respiration haletante et le claquement de ses pas sur le trottoir, il dit : « Ça y est, je vois le bâtiment, c'est bon, je vois le bâtiment ! »

Tu n'es pas en retard, le rassurai-je en regardant ma montre et en calculant l'heure qu'il était en Angleterre ; tu as quelques minutes pour retrouver ton souffle. Je lui expliquai comment rentrer ensuite à la maison et lui souhaitai une bonne journée.

« Merci », répondit-il.

En classe, le groupe m'attendait et n'avait pas bougé à l'exception d'une étudiante, une jeune fille corpulente à l'apparence moelleuse qui portait des lunettes noires à monture épaisse. Elle avait entrepris de manger un friand énorme et savoureux dont l'odeur de viande était assez forte. Elle avait gardé le fond du friand dans son sachet en papier pour empêcher les miettes de tomber pendant qu'elle mordait lentement l'autre bout. À ses côtés, était assis un homme aussi mince, mat de peau et compact qu'elle était molle et informe. Il leva la main brièvement et l'abaissa aussitôt. Sur le chemin, dit-il d'une voix calme et posée – je baissai les yeux pour trouver son nom, qui était Aris –, il avait aperçu, le long de la route, le cadavre en putréfaction d'un chien, gonflé de manière grotesque et masqué par des essaims de mouches. Le bruit des mouches lui était parvenu d'assez loin, ajouta-t-il, et il s'était demandé ce que c'était. C'était un bruit à la fois menaçant et curieusement beau tant qu'on n'en voyait pas la source. Aris n'était pas d'Athènes, continua-t-il, mais son frère y vivait et lui avait proposé de le loger pour la semaine. C'était un tout petit appartement ; il dormait sur le canapé, dans le salon-cuisine. Il dormait la tête juste à côté du frigo sur lequel on avait mis des aimants qu'il n'avait pas d'autre choix que d'examiner, dont un en plastique qui représentait une paire de seins nus dessinés si grossièrement que le mamelon du sein droit était très décentré, une discordance qu'il avait eu le temps de contempler pendant les heures qu'il avait passées allongé là. Son frère lavait ses vêtements dans la cuisine puis les laissait à sécher un peu partout à travers la pièce : il avait un emploi de bureau et il lui fallait une chemise propre chaque jour. Elles reposaient sur les chaises, les étagères et les rebords de fenêtre. En séchant, elles prenaient la forme de l'objet qu'elles recouvraient. Voilà ce qu'il avait remarqué, depuis son canapé.

La jeune femme à côté de lui venait de terminer son friand et pliait le sachet en un carré bien propre, lissant les pliures avec les doigts. Quand elle leva les yeux et croisa mon regard, elle laissa aussitôt tomber le carré de papier sur la table avec une expression coupable. Elle s'appelait Rosa, dit-elle, et ne savait si sa contribution serait acceptée. Elle n'était pas sûre d'avoir bien compris l'exercice. De toute façon, la sienne différait de celle des autres, et ne compterait donc sans doute pas, mais elle n'avait pas d'autre idée. Elle n'avait rien remarqué de particulier en venant : elle était seulement passée devant le parc où sa grand-mère l'emmenait tout le temps quand elle était petite. Il était agrémenté d'une petite aire de jeux avec une balançoire et, quand elle s'asseyait dessus, sa grand-mère la poussait. Ce matin, elle avait aperçu l'aire de jeux et la balançoire et s'était remémoré sa grand-mère et les après-midi plaisants qu'elles y avaient passés. Elle se tut. Je la remerciai et elle me regarda docilement à travers ses lunettes noires.

La séance était presque terminée. La femme assise en face de moi, l'air apparemment très surpris, était installée sous le cadran de l'horloge accrochée au mur, si bien que les deux avaient fini par être liés ou se superposer dans ma tête au point que j'avais presque oublié la présence de la femme ; elle avait trouvé intéressant, dit-elle, de s'apercevoir combien elle était inattentive au monde objectif. Ces temps-ci, son esprit – elle avait quarante-trois ans – était si rempli de ses souvenirs, de ses obligations, de ses connaissances, d'une pléthore de responsabilités quotidiennes, de ses rêves, mais aussi de ceux des autres – amassés au fil d'années d'écoute, de discussions, d'empathie, d'inquiétude – qu'elle craignait surtout que les frontières séparant ou distinguant ces nombreuses cargaisons mentales ne s'effritent jusqu'à ce qu'elle ne soit plus capable de discerner ce qui lui arrivait de ce qui arrivait à son entourage, ou parfois même de discerner ce qui était réel de ce qui ne l'était pas. Ce matin, par exemple, sa sœur l'avait appelée très tôt – toutes deux sont sujettes aux insomnies et s'appellent donc souvent à cette heure – afin de lui raconter la soirée qu'elle et son mari avaient passée chez une amie. L'amie venait de faire agrandir sa cuisine et le clou de ces rénovations était un énorme panneau de verre encastré dans le plafond qui rendait la pièce aussi lumineuse et spacieuse qu'une cathédrale.

« Ma sœur, dit-elle, a complimenté son amie pour ce très bel effet, et cette dernière lui a avoué qu'elle avait en fait emprunté l'idée à une autre amie qui, elle aussi, avait fait refaire sa cuisine quelques mois plus tôt. Sauf que depuis, un incident terrible s'était produit. Cette amie d'amie avait organisé un grand dîner avec beaucoup d'invités. Peu avant leur arrivée, elle avait remarqué une minuscule fissure dans le verre comme si quelque chose de petit mais d'aiguisé était tombé dessus. Elle était embêtée car le panneau avait coûté une véritable fortune et vu qu'il était d'un seul tenant, elle ne voyait pas trop quoi faire à part le changer en entier même s'il n'était abîmé qu'à un endroit. Les invités sont arrivés et, durant la soirée, un orage formidable s'est abattu sur Athènes. Il tombait des cordes et le groupe continuait de manger sous le panneau de verre. Les gens admiraient l'acoustique et l'effet d'optique de l'eau sur le verre quand, après un grand craquement strident, la plaque s'était effondrée d'un coup sur eux, la fissure ayant de toute évidence affaibli la structure qui ne pouvait donc plus soutenir le poids de l'eau. »

La femme fit une pause. « Je vous rappelle, dit-elle, que cette histoire m'a été rapportée par ma sœur au téléphone, une histoire qui ne l'affectait pas ni, à proprement parler, ne la concernait. Et puisque personne, bizarrement, n'avait été blessé, ce n'était donc pas le genre d'histoire que vous auriez racontée pour choquer vos interlocuteurs. Elle n'affectait pas non plus l'amie qui en avait fait le récit à ma sœur en tout premier lieu, si ce n'est par association d'idées puisqu'elle avait fait installer le même type de panneau. Bref, c'est une anecdote de troisième main et, pourtant, j'y ai été aussi sensible que si j'en avais fait moi-même l'expérience. Ça m'a turlupinée toute la matinée. Comme la plupart des gens, j'entends des histoires terribles tous les jours – bien pires pour la plupart –, par les journaux et la télévision, et je me suis demandé pourquoi celle-ci s'immisçait dans mon esprit entre mes souvenirs et mes expériences au point que j'avais du mal à faire la part des choses. Ce qu'on appelle les valeurs de la classe moyenne occupe une grande place dans ma vie – mes amis font souvent des travaux dans leurs maisons, moi aussi, et ils invitent d'autres amis à dîner chez eux. Mais il existe bien une différence parce que les personnages de cette histoire sont un peu plus importants que les gens de mon entourage qui, pour beaucoup, n'auraient pas les moyens de s'offrir un plafond en verre même s'ils en avaient très envie. Ma sœur, elle, fréquente des cercles légèrement plus privilégiés que moi : j'ai conscience que cela provoque des tensions entre nous. Je dois avouer que je suis un peu jalouse de sa vie sociale et des gens qu'elle rencontre, et je me dis parfois qu'elle pourrait faire un petit effort pour m'inclure davantage dans ce monde plus intéressant où elle évolue.

« La deuxième raison, continua-t-elle, tient à l'histoire elle-même et à ce défaut minuscule dans le panneau de verre qui a finalement conduit à son effondrement sous l'effet de la pression : la pression physique de l'eau et la pression plus mystérieuse et intangible des gens en dessous qui admiraient ce panneau sans imaginer une seconde qu'il ne tiendrait pas. Or il n'a pas tenu et a semé un chaos indicible en provoquant beaucoup de dégâts, presque comme s'il était devenu un instrument du mal, et le symbolisme de cet enchaînement de faits n'est pas sans signification pour moi. » Elle garda le silence un moment, l'aiguille trépidante des secondes se déplaçant sur le cadran au-dessus de sa tête. Je baissai les yeux et découvris qu'elle s'appelait Penelope. « J'aimerais pouvoir regarder de nouveau le monde avec plus d'innocence, reprit-elle, de manière plus impersonnelle, mais je ne sais pas du tout comment y arriver autrement qu'en allant dans un lieu qui me serait inconnu, où je n'aurais ni identité ni connaissances. Mais y parvenir quand je ne sais même pas où se trouve un tel endroit ; sans parler de mon entourage et de mes responsabilités, conclut-elle, qui me rendent folle et empêchent ma fuite. »

Tous les participants avaient pris la parole à l'exception d'une femme du nom de Cassandra et dont l'expression était devenue de plus en plus amère au fur et à mesure que l'heure s'écoulait. Elle avait fait entendre son mécontentement avec une indiscrétion grandissante par une série de grognements et de soupirs, et secouait à présent la tête, les bras implacablement croisés. Je lui demandai si elle avait quoi que ce soit à raconter avant la conclusion de la séance et elle répondit que non. Elle s'était de toute évidence trompée, ajouta-t-elle ; on lui avait dit que c'était un cours de création littéraire ce qui, autant qu'elle le sache, impliquait d'utiliser son imagination. Elle ignorait quel but je croyais avoir atteint durant cette heure, et ça ne l'intéressait pas de le savoir. Ryan, lui, dit-elle, leur avait au moins appris quelque chose. Elle demanderait à être remboursée par les organisateurs et je pouvais croire qu'elle ne manquerait pas non plus de leur dire le fond de sa pensée. Je ne sais pas qui vous êtes, déclara-t-elle en se levant et en ramassant ses affaires, mais je vais vous dire une chose : comme prof, vous êtes nulle.

7

Mon voisin me demanda si j'avais eu le temps de faire un peu de tourisme. Nous étions à nouveau dans sa voiture, sur la route bruyante qui conduisait au port de plaisance, vitres baissées et ses manches qui claquaient follement dans le vent.

Je suis venue à Athènes plusieurs fois auparavant, expliquai-je, et j'ai donc visité les monuments célèbres, mais cela n'explique pas pourquoi je n'ai pas cherché à en voir davantage cette fois-ci. Il était surpris : il n'avait pas compris que j'étais venue si souvent. Lui-même se rendait tout le temps à Londres, mais sans qu'il sache pourquoi, il ne lui était pas venu à l'esprit que le principe puisse s'appliquer dans l'autre sens. À quand remontait mon dernier séjour ? Trois ans, répondis-je. Il se tut pendant un moment, ses petits yeux étrécis rivés sur la ligne d'horizon.

« Trois ans, dit-il pensivement. À cette époque-là, je venais juste de rentrer à Athènes. »

Je lui demandai où il était avant cela, ce qu'il y faisait, et il répondit qu'il avait passé quelque temps à Londres pour le travail. On lui avait offert un très bon poste dans une banque, continua-t-il, et même s'il ne voulait pas totalement abandonner la liberté qu'il avait en Grèce, encore moins son bateau, il avait l'impression qu'une telle opportunité ne se représenterait plus. Du reste, partout dans Athènes il voyait les signes de ses échecs ou du moins des choses qui avaient pris fin et qui ne lui apportaient aucune possibilité de renouveau. À vrai dire, il avait été plutôt étonné qu'on lui propose ce travail car l'opinion qu'il avait de lui-même était très entamée. C'est toujours dangereux, dit-il, de prendre une grande décision quand vous n'êtes pas sûr de ce que vous méritez. Manifestement, ses amis ne partageaient pas cet avis parce qu'ils le pressaient d'accepter l'offre sans hésiter. Il est intéressant de remarquer que les gens veulent toujours que vous fassiez ce qu'eux n'oseraient jamais, et avec quel enthousiasme ils vous poussent vers votre propre destruction : y compris les plus gentils, les plus aimants, ceux-ci ont rarement conscience de ce qui est dans votre intérêt parce que, en général, ils puisent leurs conseils dans des vies plus stables et confinées où la nécessité de trouver une échappatoire n'est pas une réalité mais un simple rêve occasionnel. Peut-être sommes-nous tous des animaux dans un zoo, dit-il, et quand l'un d'entre nous sort de l'enclos, nous lui hurlons de prendre la fuite alors que, au final, il ne pourra que se perdre.

Sa métaphore me rappelait une scène d'un opéra que j'appréciais – d'ailleurs, j'en avais trouvé un enregistrement chez Clelia – intitulé *La Petite Renarde rusée* où une renarde est capturée par un chasseur afin d'être élevée dans une ferme avec d'autres animaux. Il la garde parce qu'il l'aime malgré ses penchants destructeurs, et cette attention a de la valeur pour elle aussi, même si cela signifie qu'elle doit rester prisonnière. Mais sa nature la conduit à rechercher les espaces sauvages si bien qu'un jour, elle s'enfuit dans la forêt ; mais au lieu de se sentir libérée, elle est terrifiée parce qu'elle a vécu une partie de sa vie dans la ferme et qu'elle a oublié comment être libre. Il ne connaissait pas cet opéra, dit mon voisin ; lui, toutefois, avait envisagé ce futur emploi à Londres avec une espèce de fatalisme inversé, comme si, en acceptant de porter un harnais, il allait enfin payer pour sa simple liberté. Lui, le descendant de play-boys et de millionnaires, connaîtrait enfin la servitude exorbitante d'un travail de bureau : il vendit sa maison d'Athènes, acheta un petit appartement dans un quartier chic de la capitale britannique et prit la mer avec son bateau. C'est la seule fois, dit-il, sur les vingt-cinq ans de son histoire, que le bateau a quitté l'environnement qu'il avait toujours connu. Mon voisin s'était arrangé pour l'entreposer dans un hangar du centre d'Athènes ; encore à ce jour, il lui était difficile d'exprimer l'émotion qui l'avait saisi en voyant son navire sortir de l'eau pour être hissé sur un camion qu'il avait suivi en voiture, puis enfermé dans un container au cœur de la ville. Il partit pour Londres avec le sentiment qu'il allait connaître le même destin.

Je lui demandai ce qui l'avait sorti de cet internement, et il sourit. Un appel téléphonique, expliqua-t-il. C'était son deuxième hiver à Londres et il se noyait dans une existence morne et solitaire, marchant péniblement sous la pluie pour aller au travail et en revenir, faisant des journées de dix-huit heures à la banque et se nourrissant de plats à emporter tard la nuit dans sa prison moquettée quand le propriétaire du hangar l'appela pour lui dire qu'il y avait eu une effraction et que le moteur du bateau avait été volé. Le lendemain, mon voisin donnait sa démission et prenait un avion pour rentrer. C'était si rafraîchissant, dit-il, si positif d'éprouver une telle certitude. À force, il croyait ne plus avoir une seule idée claire sur quoi que ce soit, surtout depuis que toutes ses amours l'avaient conduit à s'enfoncer dans un marécage d'échecs, mais cette atteinte à son bien lui rendit sa joie et son envie de vivre avec autant d'efficacité que s'il avait gagné à la loterie. Pour la première fois depuis des années, il savait ce qu'il voulait. À son retour, sa première décision fut d'acheter le moteur le plus performant possible, même s'il n'avait pas vraiment besoin de tant de puissance, il fallait bien l'avouer.

Nous approchions désormais du port de plaisance et il demanda si je voulais prendre un café ou un verre avant de partir en mer. Rien ne nous pressait, après tout ; nous avions du temps devant nous. Il semblait se souvenir d'un lieu qui venait d'ouvrir quelque part le long de la plage ; il leva le pied et ralentit, examinant à travers le pare-brise le bord de la route poussiéreuse avec son enfilade de bars et de restaurants, au-delà de laquelle s'étendait la plage, la mer et son friselis d'écume. Il vira brusquement dans la poussière et s'arrêta devant un restaurant avec des palmiers dans des pots cubiques blancs et une terrasse tournée vers la mer décorée de mobilier tout aussi cubique et blanc. On entendait du jazz, et des serveurs habillés en noir glissaient entre les tables désertes à l'ombre d'un pare-soleil blanc asymétrique pareil à une gigantesque voile. Il me demanda si cela me convenait. Je répondis que j'étais assez impressionnée, et, après être descendus de voiture, nous prîmes place à une table près des palmiers.

Il était important, dit mon voisin, de ne pas oublier de s'amuser : c'était devenu sa nouvelle philosophie de vie, ces derniers temps. Sa troisième femme avait été si puritaine, dit-il, qu'il avait l'impression qu'il ne s'offrirait jamais assez de pauses pour rattraper les années passées avec elle où chaque événement était vécu de manière frontale, sans anesthésie, et où le moindre petit plaisir était remis en question pour être ensuite considéré comme inutile, ou inscrit – en ajoutant les frais, dit-il – dans un carnet qu'elle gardait toujours sur elle dans ce but précis. Il n'avait jamais rencontré quelqu'un qui soit à ce point le produit de sa famille, un clan calviniste obsédé par l'épargne et évitant tout gaspillage, même s'il se trouvait que ma femme avait un faible pour les courses de Formule 1 qu'elle s'autorisait parfois à regarder à la télé, surtout fascinée par le moment où le vainqueur arrosait de champagne la foule en délire. Mon voisin l'avait rencontrée alors que ses finances avaient été réduites à néant par son deuxième divorce si bien que le couplet de cette femme sur la parcimonie fut du miel pour ses oreilles, ne serait-ce que brièvement. Durant leurs noces, quand ses amis demandèrent à cette femme ce qu'elle lui trouvait – une question assez pertinente à l'époque, il voulait bien le reconnaître –, elle avait répliqué : il est intéressant.

Il commanda deux cafés à l'un des serveurs virevoltants et pendant un moment nous observâmes les gens sur la plage depuis notre solitude ombragée, leurs corps dénudés floutés par la brume de chaleur si bien qu'ils avaient un air un peu primordial ainsi allongés ou se déplaçant lentement le long du rivage. Je rétorquai à mon voisin que cette raison ne me paraissait pas mauvaise et il tourna un regard sinistre vers la mer. Elle ignorait absolument tout de l'aspect physique d'une relation, dit-il, même si elle avait presque quarante ans quand nous nous sommes connus. Sa pureté et sa simplicité l'avaient attiré, après la séduction affichée de sa deuxième épouse, mais c'était une femme entièrement dénuée de romantisme où le sexe n'avait pas sa place et où l'existence qu'elle avait menée jusque-là – et, autant qu'il le sache, qu'elle avait reprise à leur séparation –

n'était pas la conséquence d'un manque d'opportunités mais l'exact reflet de sa nature. Le côté intime de leur mariage fut un fiasco complet, parce que, après avoir conçu un enfant qui arriva très vite, elle ne comprit pas du tout la nécessité d'avoir d'autres rapports. Ce fut un coup dur pour lui, malgré ses efforts pour s'en protéger, mais, une nuit, elle lui demanda très franchement combien de fois encore il voudrait qu'elle participe à un acte que de toute évidence elle n'appréciait pas et qu'elle trouvait incompréhensible, après quoi il perdit courage.

Cependant, il concédait que, pour la première et dernière fois, il eut un aperçu d'une relation différente, et, donc, d'une vie différente fondée sur des principes auxquels il n'avait jamais prêté attention : la décence, l'égalité, la vertu, l'honneur, le sacrifice de soi, et, bien sûr, l'économie. Sa femme avait beaucoup de bon sens, une discipline, une routine et une gestion domestique infaillibles, ce qui améliora ses finances et son état de santé comme jamais. Leur foyer était calme et bien entretenu, la prévisibilité – qu'il avait toujours activement évitée, qu'il avait toujours crainte, pourrait-on presque dire – étant son principe le plus précieux. Sa femme lui rappelait sa mère et il apparut qu'elle voulait qu'il l'appelle « mère » pendant qu'elle-même lui donnait du « père » car ses propres parents s'étaient toujours parlé de la sorte et ils étaient sa seule référence. Bien sûr, c'était dur à encaisser pour lui, mais il devait reconnaître qu'elle ne l'avait jamais exploité, ne s'était jamais montrée idiote ni égoïste : c'était une très bonne mère pour leur fils, le seul de ses enfants – il fallait bien l'admettre là aussi – qui soit stable et intégré à la société. Elle n'essaya pas de le détruire pendant le divorce, mais accepta sa part de responsabilités, si bien qu'ils avaient pu trouver un moyen d'arranger les choses au mieux pour eux et pour leur enfant. Je me suis aperçu, dit-il, que tout ce que je savais de la vie, je l'avais appris sur le mode de la confrontation : l'histoire des hommes et des femmes, pour moi, se résumait à une histoire de guerre au point que je me demandais parfois si je n'avais par la paix en horreur, si je ne cherchais pas les ennuis par peur de l'ennui qui, on peut le dire, est en fait la peur de la mort. La première fois où nous nous sommes parlé, je vous ai dit que, pour moi, l'amour – l'amour entre un homme et une femme – était le grand régénérateur du bonheur, mais c'est aussi un régénérateur d'intérêt. Peut-être parleriez-vous d'intrigue romanesque – il sourit – et donc, malgré toutes les vertus de ma troisième épouse, dit-il, je me suis rendu compte qu'une vie sans histoire n'était pas une vie faite pour moi.

Il paya l'addition, repoussant l'argent que je lui tendais après une hésitation brève mais visible, et nous nous levâmes pour partir. Dans la voiture, il me demanda comment s'était passé mon cours du matin et je me mis à lui parler de la femme qui m'avait prise à partie, la conscience que j'avais eue – tout au long de l'heure – de son ressentiment et de sa colère grandissants et ma certitude, elle aussi grandissante, qu'elle finirait par m'attaquer. Il écouta avec gravité pendant que je lui rapportais la tirade détaillée dont le pire aspect, continuai-je, était son impersonnalité qui, quand je l'avais entendue, m'avait donné l'impression de n'être rien, une non-entité, alors même que cette femme avait toute son attention tournée vers moi. Ce sentiment de négation au moment même où j'étais exposée avait eu un effet particulièrement puissant sur moi, dis-je. Il semblait incarner l'essence de quelque chose qui, à proprement parler, n'existait pas. Mon voisin resta silencieux tandis que nous approchions du port de plaisance. Il arrêta la voiture et éteignit le moteur.

« J'étais à la maison ce matin, dit-il, je me versais un verre de jus d'orange dans la cuisine, et soudain j'ai été saisi d'un vif pressentiment, comme s'il allait vous arriver quelque chose de mauvais. » Il regarda l'eau scintillante de l'autre côté du pare-brise, là où les bateaux blancs oscillaient. « Je le trouve assez extraordinaire, dit-il, ce signal très net que j'ai reçu. Je me souviens même d'avoir regardé ma montre : c'était au moment où je vous ai envoyé un message pour vous proposer de refaire un tour en bateau. C'est ça ? » Je souris et dis que oui, j'avais reçu son SMS plus ou moins à cet instant-là. « C'est très étonnant, dit-il, une connexion aussi forte. »

Il descendit de voiture et je le regardai avancer en se dandinant légèrement vers le ponton où il se pencha pour tirer sur la corde détrempée. Nous répétâmes les gestes de la veille, j'attendis qu'il prépare le bateau, effectuai le pas de deux élégant où nous échangions nos places et la corde passa de l'un à l'autre. Quand tout fut prêt, il démarra le moteur et, dans un glougloutement, on s'éloigna du mouillage, de la fournaise du bord de mer et du parking qui ressemblait à un champ de métaux brillants dans la poussière, le soleil étincelant et clignotant sur les vitres sombres. Mon voisin réduisit notre vitesse de croisière par rapport à la veille ; par courtoisie ou parce que, une fois la démonstration de pouvoir passée, il pouvait économiser son énergie, je n'en savais rien. J'étais assise sur le banc matelassé, son dos nu à nouveau sous mes yeux, le pont érodé par le vent, et je réfléchissais aux allers-retours étranges de l'enchantement au désenchantement et vice versa qui traversaient les affaires humaines, pareils aux nuages, parfois énormes et de mauvais augure, parfois de simples formes lointaines et impénétrables qui dissimulaient le soleil un instant, avant de le faire réapparaître avec la même insouciance. Mon voisin m'interpella par-dessus le bruit du moteur pour dire que nous passions le temple du cap Sounion et ses falaises, du haut desquelles s'était jeté, à en croire la mythologie grecque, le père de Thésée en voyant la voile noire sur le bateau censé ramener son fils, indiquant à tort la mort de ce dernier. Je vis un temple en ruine tel un petit diadème brisé sur le sommet de la colline, juste avant que la terre ne tombe à pic dans la mer.

Si des informations erronées sont un outil cruel pour faire avancer une intrigue, poursuivit mon voisin alors que nous approchions de la crique au ralenti, elles le sont aussi dans la vie : son propre frère, celui qui était mort quelques années plus tôt, un être cher et généreux, avait été terrassé par une crise cardiaque pendant qu'il attendait un ami qui devait venir déjeuner chez lui. Il avait donné à cette personne – un médecin, qui plus est – une mauvaise adresse car il venait d'emménager dans un nouvel appartement et n'avait pas encore bien mémorisé ses coordonnées et tandis que l'ami le cherchait dans une rue du même nom à l'autre bout de la ville, son frère perdait la vie, allongé sur le carrelage de la cuisine, une vie qui, apparemment, aurait pu être facilement sauvée si l'homme était arrivé à temps. Son frère aîné, le millionnaire suisse qui vivait cloîtré, avait réagi à cet événement en faisant installer un système d'alarme complexe dans son appartement car même si lui ne pourrait jamais oublier sa propre adresse, il était très avare, n'avait aucun ami et n'avait jamais invité personne à déjeuner de sa vie ; et quand, à son tour, il eut une crise cardiaque – vu l'histoire médicale de la famille, la probabilité était grande – il se contenta d'appuyer sur le bouton le plus proche et, quelques minutes plus tard, un hélicoptère l'emmenait dans le meilleur service de cardiologie de Genève. Parfois, il vaut mieux prendre les devants, dit-il – il pensait au père de Thésée cette fois –, par principe.

Je répondis que, au contraire, j'en étais venue à croire de plus en plus aux vertus de la passivité, et de moins en moins au volontarisme. Avec des efforts, tout pouvait arriver ou presque, mais ces mêmes efforts – me semblait-il – signalaient la plupart du temps qu'on allait à contre-courant, qu'on forçait les événements à prendre une direction qu'ils n'auraient pas empruntée naturellement, et même si l'on pouvait argumenter qu'on ne ferait jamais rien si on n'allait pas un peu contre la nature, j'avais en abomination – pour le dire brutalement – l'artificialité de cette vision et de ses conséquences. Il existait une grande différence, dis-je, entre ce que je voulais et ce que, apparemment, je pouvais avoir, en attendant de me réconcilier avec cette vérité, j'avais décidé de ne rien vouloir du tout.

Mon voisin resta plongé dans un silence interminable. Il manœuvra le bateau dans la crique déserte où les oiseaux de mer étaient perchés sur les rochers et où l'eau tourbillonnait dans sa petite anse, puis il sortit l'ancre de son compartiment. Il se pencha vers moi pour la lancer par-dessus bord et la laissa filer lentement jusqu'à ce qu'il sente qu'elle avait atteint le fond.

« N'y a-t-il eu vraiment personne ? » demanda-t-il.

Il y a eu quelqu'un, dis-je. Nous étions très bons amis. Mais j'avais voulu arrêter. J'essayais de trouver une autre façon de vivre dans le monde.

À présent que nous étions immobiles, la chaleur s'intensifiait. Le soleil tapait sur le banc matelassé où j'étais assise, et le seul coin d'ombre était sous le pare-soleil où se tenait mon voisin, bras croisés, appuyé contre le bord du bateau. Cela aurait été bizarre que j'aille m'asseoir à côté de lui. La peau de mon dos me brûlait. À cet instant, il fit un mouvement mais ce n'était que pour replacer le couvercle sur le compartiment de l'ancre, puis il reprit sa position initiale. Il comprenait, dit-il, que je souffrais encore beaucoup. Passer du temps avec moi lui avait rappelé des épisodes de sa vie auxquels il n'avait pas repensé depuis des années, et lui avait permis de retrouver certains des sentiments vécus alors. Son premier mariage, dit-il, avait pris fin pour de bon le jour où ils avaient organisé une grande réunion de famille, un déjeuner où tous les parents des deux côtés avaient été invités à se retrouver dans leur maison de la banlieue d'Athènes, une demeure suffisamment grande et majestueuse pour accueillir tout le monde. La fête avait été un succès, il ne restait plus rien à boire ni à manger, tout avait été débarrassé, les invités étaient enfin partis, et mon voisin, épuisé, s'était allongé sur le canapé pour faire une petite sieste. Sa femme terminait la vaisselle dans la cuisine, les enfants jouaient quelque part, la télévision diffusait un match de cricket qui progressait lentement, et au milieu de cette scène de bonheur domestique, mon voisin s'était endormi profondément.

Il se tut un instant, toujours appuyé contre le bord du bateau, ses bras charnus aux poils blancs et entrelacs de veines croisés sur la poitrine.

« Je crois, reprit-il, que c'était un geste prémédité de ma femme, qu'elle m'a vu allongé là et a essayé de m'arracher une confession par surprise. Elle est venue près du canapé et m'a secoué par l'épaule, m'a sorti de ce profond sommeil et avant que je me souvienne d'où j'étais ou que j'aie le temps de réfléchir, elle m'a demandé si je la trompais. Dans mon hébétude, je n'ai pas eu le temps d'adopter un air convaincant, et même si je ne crois pas avoir admis quoi que ce soit, j'ai laissé assez de place au doute pour confirmer ses intuitions ; la dispute qui a mis un terme à notre mariage a commencé à ce moment-là, dit-il, et peu après, j'ai quitté la maison. Je me rends compte que je ne lui ai toujours pas pardonné la façon dont elle a profité délibérément d'un moment de vulnérabilité pour m'extorquer quelque chose dont elle avait une idée préconçue. Cela me met encore en colère, dit-il, et je crois que ça a façonné tout ce qui s'est passé ensuite, son indignation vertueuse et son refus d'endosser la moindre responsabilité dans cette situation et la punition qu'elle m'a infligée durant la procédure de divorce. Bien sûr, personne ne pouvait l'accuser simplement parce qu'elle m'avait réveillé de ma sieste, même si elle n'avait aucune raison de le faire si bien que j'aurais pu dormir encore des heures. Je crois néanmoins, comme je viens de vous le dire, que c'est précisément cet acte sournois qui a donné naissance à cette personnalité au vitriol, car les gens sont moins prompts à pardonner quand ils ont eux-mêmes été sournois, comme s'ils exigeaient de vous que vous les reconnaissiez innocents à tout prix. »

J'écoutais cette confession en silence, si c'était bien de cela qu'il s'agissait. Mon voisin me décevait et, pour la première fois, j'eus peur de lui. Certains trouveraient cette accusation un peu intéressée, dis-je. Au moins, elle vous a réveillé, ajoutai-je : elle aurait pu se contenter de vous frapper à mort.

« Mais ce n'était rien, se justifia-t-il en agitant la main – une histoire idiote, un flirt de bureau qui a un peu dérapé. »

Pendant qu'il parlait, je vis une telle culpabilité couler sur son visage que j'eus le sentiment que la scène du canapé se rejouait devant mes yeux, après toutes ces années. Il mentait mal, je le voyais bien, et comment ne pas compatir avec sa femme, la mère de ses enfants, dis-je même si ça n'était clairement pas la réaction qu'il avait voulu susciter. Il haussa les épaules. Pourquoi devrait-il porter la responsabilité du fait que leur mariage – qui avait commencé dès l'adolescence avec leurs fiançailles – était devenu, si ce n'est ennuyeux, du moins confortable jusqu'à l'abêtissement ? S'il avait su quelles en seraient les conséquences – il ne termina pas sa phrase. C'est vrai, quelque chose de la sorte aurait été inévitable, admit-il. Son aventure extraconjugale, aussi insignifiante fût-elle, lui avait lancé des signaux comme les lumières d'une ville lointaine. Il n'était pas tant attiré par cette femme en particulier que par le concept d'excitation lui-même, une perspective qui semblait – de loin, ainsi qu'il l'avait dit – l'accueillir dans sa grandeur et son éclat, lui offrir un anonymat qui pourrait également lui permettre de réévaluer son identité, lui que sa femme et avant elle ses parents, ses oncles et ses tantes connaissaient si bien mais de manière si limitée. Il voulait se libérer de ce que les autres savaient de lui en partant à la recherche de ce monde plus scintillant que, naïvement dans sa jeunesse, avoua-t-il, il avait cru plus vaste qu'il n'était en réalité. Ses relations avec les femmes l'avaient déçu un nombre incalculable de fois. Pourtant, une partie de ce sentiment – cette excitation qui est aussi une renaissance de l'identité – a servi toutes les fois où il est tombé amoureux ; et, au bout du compte, malgré tout ce qui est arrivé, ces moments ont été les plus beaux de sa vie.

Comment se faisait-il, demandai-je, qu'il ne voyait pas le lien entre désillusion et connaissance dans ce qu'il m'avait raconté. S'il ne pouvait aimer que ce qu'il ne connaissait pas, et être aimé selon ce même principe, alors connaître l'autre conduisait forcément à la désillusion dont la seule parade était de tomber amoureux d'une nouvelle personne. Il y eut un silence. Après quoi il se leva, vieux et grisonnant, ses bras poilus toujours croisés sur sa panse, son caleçon flottant entre ses jambes, son visage d'oiseau presque fossilisé dans la perplexité. Le silence prit de l'ampleur entre le miroitement de l'eau et le soleil aveuglant. Je pris conscience du clapotis contre les flancs du bateau, des cris aigus des mouettes sur leurs rochers, du bruit discret de la circulation qui nous parvenait du continent. Mon voisin leva la tête et regarda vers la mer, le menton levé, les yeux fouillant l'horizon. Il y avait une certaine raideur dans son attitude, une conscience de soi comme celle d'un acteur sur le point de lancer une réplique trop connue.

« J'aimerais comprendre, dit-il, pourquoi vous m'attirez tellement. »

Il s'exprima avec un tel sérieux que je ne pus me retenir d'éclater de rire. Cela le surprit, le déstabilisa un peu, mais il vint vers moi, quitta l'ombre pour le soleil, lourdement mais inexorablement, pareil à une créature préhistorique sortant de sa grotte. Il se pencha, gêné dans ses déplacements à cause de la glacière à mes pieds et tenta de m'enlacer par le côté, passa un bras autour de mes épaules tout en approchant son visage du mien. Je sentais son haleine, ses épais sourcils gris qui m'effleuraient la peau. Son grand nez en forme de bec qui apparaissait à un coin de mon champ de vision, sa main griffue couverte de son duvet blanc qui me palpait les épaules ; un instant, j'eus l'impression d'être enveloppée dans le gris et le sec, comme si la créature préhistorique m'enveloppait dans ses ailes sèches de chauve-souris, je sentis ses lèvres gercées manquer leur but et se déplacer à l'aveugle sur ma joue. Durant tout ce temps, je restai figée, regardant la barre devant moi, jusqu'à ce qu'il s'éloigne, retourne à l'ombre.

Je dis qu'il ne fallait pas que je reste au soleil et que j'allais me baigner, il acquiesça sans un mot, les yeux posés sur moi. Je plongeai et nageai jusqu'à l'autre bout de l'anse et, au souvenir de la famille sur le bateau la veille, j'éprouvai une étrange douleur, quasiment comme si ces gens me manquaient, et très vite, mes propres enfants me manquèrent, eux qui d'un coup me semblèrent si loin qu'il paraissait difficile de croire à leur existence. Je nageai aussi longtemps que possible, puis je finis par revenir au bateau et remontai l'échelle. Mon voisin s'affairait à je ne sais quoi, défaisant et ajustant les cordelettes qui portaient les bouées le long du navire. Dégoulinante, je restai sur le pont et l'observai, une serviette autour de mes épaules où ma peau était douloureuse à cause du soleil. Il avait un canif dans la main, un gros couteau suisse doté d'une grande lame, et coupait les extrémités effilées des cordelettes avec beaucoup de détermination, les muscles de ses avant-bras épais gonflés durant l'effort. Il renoua les cordes puis revint vers moi, le couteau toujours en main. La baignade était-elle agréable ? demanda-t-il.

Oui, répondis-je. Merci d'avoir pris la peine de m'emmener dans un endroit aussi charmant. Mais il devait comprendre, dis-je, que me lancer dans une nouvelle relation avec quelqu'un ne m'intéressait pas, pas tout de suite, jamais plus peut-être. En lui parlant, j'étais gênée par le soleil que j'avais dans les yeux. L'amitié est ce qui compte le plus pour moi, dis-je tandis qu'il jouait avec son couteau, faisant claquer les différentes lames qu'il dépliait ou repliait. Je regardais ces lames en acier apparaître et disparaître entre ses doigts, chacune si distincte, certaines effilées, pointues, d'autres étrangement hérissées et affûtées. Et, à présent, dis-je, si cela ne le dérangeait pas, nous devrions sans doute rentrer.

Lentement, il inclina la tête. Bien sûr, dit-il ; il avait aussi des choses à faire. Peut-être pouvais-je attendre que lui-même pique une tête pour se rafraîchir et, ensuite, nous repartirions. Alors qu'il nageait, son crawl puissant et court laissant un sillage derrière lui, son téléphone sonna quelque part sur le bateau. Je restai assise au soleil et le laissai sonner, sonner encore, jusqu'à ce qu'il s'arrête.

8

Mon amie Elena était très belle : Ryan ne s'en remettait pas. Il marchait dans la rue et nous espionnait alors que nous étions assises dans un bar. Elle est inaccessible, dit-il lorsqu'elle s'éclipsa pour passer un coup de téléphone. Elena avait trente-six ans, était intelligente et vêtue de manière exquise. Elle appartient à un autre monde, dit-il.

Le bar était situé dans une petite rue étroite si pentue que les chaises et les tables bancales penchaient sur les pavés inégaux. Je venais de voir une femme, une touriste, tomber à la renverse dans un bac à fleurs, ses sacs de courses et ses guides de voyage volant en tous sens autour d'elle tandis que, surpris, son mari ne bougeait pas de sa chaise, apparemment plus gêné qu'inquiet. Il portait une paire de jumelles autour du cou et des chaussures de randonnée qui restèrent scrupuleusement sous la table alors même que sa femme se débattait au milieu d'une végétation sèche et piquante. Il finit par tendre un bras par-dessus la table pour l'aider à se redresser, mais elle était trop loin et elle dut se débrouiller toute seule.

Je demandai à Ryan comment il avait occupé sa journée, il répondit qu'il avait visité un ou deux musées avant d'errer tout l'après-midi dans l'Agora et, pour être honnête, il était assez épuisé. Il s'était couché très tard après une soirée avec ses étudiants les plus jeunes, dit-il. Ces derniers l'avaient emmené faire la tournée des bars à cinquante minutes de marche les uns des autres. Je me suis senti vieux, dit-il. Je voulais juste boire un verre – le lieu et la manière, ça m'était plus ou moins égal, et je n'avais peut-être pas besoin de crapahuter jusqu'à l'autre bout de la ville pour le siroter assis sur un canapé en forme de lèvres. Enfin, ils sont plutôt sympathiques, dit-il. Ils lui avaient appris quelques mots de grec – il n'était pas sûr que cela lui serait d'une quelconque utilité vu sa prononciation mais il trouvait intéressant de se faire une petite idée de la langue. Il n'avait pas réalisé combien de mots dérivaient du grec. *Ellipse*, par exemple, se traduisait littéralement par « se cacher derrière le silence ». C'est fascinant, dit-il.

Elena revint s'asseoir avec eux. Ce soir-là, son apparence rappelait beaucoup la Lorelei, la sirène des mythes germaniques. Elle n'était que courbes et vagues.

« Mon amie nous rejoindra tout à l'heure pas loin d'ici », déclara-t-elle.

Ryan haussa les sourcils.

« Vous allez quelque part ?

– On retrouve Melete, dit Elena. Vous la connaissez ? C'est une des poétesses lesbiennes les plus importantes de ce pays. »

Ryan annonça que, en fait, il n'était vraiment pas au mieux de sa forme ; il allait sans doute nous abandonner. Comme il me l'avait dit, il s'était couché tard la veille. Et quand il était arrivé à son appartement à trois heures du matin, il avait découvert une nuée de créatures aussi grosses que des scarabées ailés qui volaient dans la pièce et il avait dû toutes les écraser à coups de chaussure. Quelqu'un – qui n'était pas lui – avait laissé une lumière allumée et une fenêtre ouverte. Quoi qu'il en soit, il avait été frappé de constater à quel point ça l'amusait de massacrer ces sales bestioles : plus jeune, il aurait été terrifié. Avoir des enfants rend courageux, dit-il. Ou peut-être qu'on devient plus désinhibé. Il s'en était aperçu la nuit précédente en discutant avec ces jeunes d'une vingtaine d'années. Il avait oublié combien ils étaient physiquement timides.

Le soir baigné de chaleur tombait rapidement, et la rue étroite s'était emplie d'obscurité. L'homme en chaussures de randonnée et sa femme étaient partis. Le téléphone de Ryan sonna et, avant de décrocher, il nous montra la photo d'un enfant édenté et souriant qui palpitait sur l'écran. C'est l'heure d'aller au lit, expliqua-t-il ; à plus tard, les filles. Il se leva et, après un signe de la main, il descendit la colline en parlant au téléphone. Elena paya l'addition qu'elle passerait en note de frais – elle était éditrice dans une maison d'édition si bien qu'à proprement parler, nous pouvions considérer cette soirée comme un rendez-vous de travail – puis on remonta vers la lumière et le bruit de la rue principale. Elle marchait à côté de moi à pas rapides et légers dans ses sandales à talons hauts ; elle portait une robe droite en maille du même mordoré que ses longs cheveux ondulés. Tous les hommes que nous croisions la regardaient, sans exception. On traversa la place Kolonaki, vide à cette heure à l'exception d'une ou deux silhouettes sombres recroquevillées sur des bancs. Une femme était assise sur un muret en béton, les jambes bizarrement éclaboussées de boue séchée, et mangeait des biscuits salés qu'elle piochait dans un paquet. Un petit garçon se tenait non loin au niveau du kiosque et regardait les barres chocolatées. On emprunta une allée qui débouchait sur une petite place bondée et bruyante où les gens s'entassaient aux terrasses de restaurants alignés sur quatre côtés, les visages rendus criards par la lumière électrique. La chaleur, le vacarme et la lumière artificielle produisaient dans cette obscurité une atmosphère d'excitation soutenue, comme une vague se brisant à l'infini, et même si les restaurants n'avaient pas l'air différents les uns des autres, Elena en dépassa plusieurs avant de s'arrêter résolument devant un. C'est là, dit-elle ; Melete m'a dit de nous installer le temps qu'elle arrive. Elle se fraya un chemin entre les tables et discuta avec le serveur qui se tenait debout en affichant l'air implacable d'un policier et commença par secouer la tête quand elle s'adressa à lui.

« Il dit qu'ils sont complets », expliqua-t-elle déconfite, les bras retombant le long de son corps.

Sa déception était si grande qu'elle resta plantée là à regarder les tables comme si elle pouvait leur faire céder une place par sa seule volonté. Le serveur, qui observait sa performance, sembla changer d'avis : il y avait de la place, décida-t-il, si nous étions heureuses de nous asseoir – traduction d'Elena – dans le coin par là-bas. Il nous indiqua la table qu'Elena scrutait comme si finalement, elle allait la refuser. C'est un peu trop près du mur, me dit-elle. Tu crois qu'on sera bien ici ? Je répondis que peu m'importait de m'asseoir contre le mur : elle pouvait prendre l'autre chaise si elle préférait.

« Pourquoi portes-tu des vêtements aussi sombres ? me demanda-t-elle une fois installées. Je ne comprends pas. Moi je mets des choses légères quand il fait chaud comme ça. Et on dirait que tu as pris quelques coups de soleil, ajouta-t-elle. Entre les épaules, juste là, tu as la peau très rouge. »

Je lui racontai que j'avais passé l'après-midi sur un bateau avec quelqu'un que je ne connaissais pas assez bien pour lui demander de m'étaler de la crème solaire dans le dos. Elle voulut savoir qui était cette personne. Un homme ?

Oui, répondis-je, un homme avec qui j'avais discuté dans l'avion. Elena écarquilla les yeux de surprise.

« Je n'aurais jamais cru, dit-elle, que tu monterais sur le bateau d'un total inconnu. Comment est-il ? Il te plaît ? »

Je fermai les yeux et tentai de faire remonter les sentiments que m'inspirait mon voisin. Quand je les rouvris, Elena me dévisageait toujours, dans l'attente. J'expliquai que j'avais tellement perdu l'habitude de penser aux choses en termes d'aimer ou pas que je ne pouvais pas répondre à sa question. Mon voisin était l'exemple parfait de ce qui provoquait chez moi une ambivalence absolue.

« Mais tu l'as quand même laissé t'emmener sur son bateau », dit-elle.

Il faisait chaud, répondis-je. Et quand nous avions quitté le port, nos relations étaient strictement amicales – du moins le pensais-je. Je lui décrivis le moment où mon voisin avait tenté de m'embrasser, près de la crique. Je lui racontai qu'il était vieux, et s'il était cruel de le qualifier de laid, j'avais trouvé ses avances aussi répugnantes que surprenantes. Il ne m'était jamais venu à l'esprit qu'il ferait une chose pareille ; ou plus exactement, précisai-je avant qu'Elena ne lève un doigt pour exprimer qu'il fallait être idiote pour ne pas avoir envisagé cette possibilité, j'avais cru qu'il n'oserait jamais faire une chose pareille. J'avais cru que les différences qui nous séparaient étaient trop évidentes, mais lui ne le voyait pas sous cet angle.

Elle espérait, dit Elena, que je lui avais mis les points sur les i. Je dis que, au contraire, j'avais trouvé toute une série d'excuses pour ne pas le froisser. Elle garda le silence un moment.

« Si tu lui avais dit la vérité, dit-elle après coup, si tu lui avais dit, écoutez, vous êtes vieux, petit et gros et même si je vous apprécie, la seule raison de ma présence ici est de pouvoir profiter d'un tour en bateau » – elle se mit à rire en s'éventant le visage avec le menu –, « si tu lui avais dit ça, tu vois, tu aurais eu droit à plus de vérité en retour. Tu aurais éveillé sa franchise en étant franche. »

De son côté, dit-elle, elle avait pu explorer les profondeurs de la désillusion concernant le caractère masculin en étant justement très honnête : les hommes qui avaient prétendu se mourir d'amour pour elle pouvaient l'insulter une minute plus tard, mais ça n'était que dans les moments de franchise mutuelle absolue qu'elle parvenait à savoir qui elle était et ce qu'elle voulait vraiment. Elle ne supportait pas l'affectation, dit-elle, quelle que soit sa nature, et encore moins dans le domaine du désir quand un homme feint de vouloir la posséder alors qu'il ne cherche qu'à l'utiliser temporairement. Elle-même n'avait rien contre le fait de se servir de l'autre, dit-elle, mais refusait de l'admettre en premier.

Derrière Elena, une femme mince au visage de renard approchait de notre table. Je supposai qu'il s'agissait de Melete. Elle se posta discrètement près de la chaise d'Elena et lui mit une main sur l'épaule.

« Yassas », dit-elle gravement.

Elle portait un gilet noir un peu masculin sur un pantalon, et ses cheveux courts et raides faisaient deux ailes noires lustrées qui tombaient de part et d'autre de son visage étroit, pointu et timide.

Elena se tourna pour la saluer.

« Toi aussi ! s'exclama-t-elle. Vous êtes toutes les deux habillées de couleurs sombres – pourquoi portes-tu toujours des vêtements sombres ? »

Melete prit son temps pour répondre. Elle s'assit sur la chaise libre, sortit son paquet de cigarettes de la poche de son gilet et en alluma une.

« Elena, dit-elle, ce n'est pas poli de commenter l'apparence des gens. Ce que l'on se met sur le dos nous regarde. » Elle tendit la main par-dessus la table pour serrer la mienne. « C'est bruyant ici ce soir, ajouta-t-elle en regardant autour d'elle. Je sors d'une lecture de poésie qui comptait en tout et pour tout six personnes dans le public. Le contraste est assez frappant. »

Elle prit la carte des vins sur la table et l'étudia, sa cigarette se consumant entre ses doigts, son nez fin palpitant légèrement et ses cheveux brillants ramenés sur ses joues.

L'une de ces six personnes, ajouta-t-elle en jetant un coup d'œil par-dessus la carte, est un homme qui assiste à presque toutes mes apparitions publiques, il s'assied au premier rang et grimace. Ça dure depuis des années. Je lève les yeux du livre, à Athènes ou ailleurs, même loin, et il est toujours là devant moi, à tirer la langue et faire des gestes vulgaires.

« Mais tu le connais ? demanda Elena, étonnée. Tu lui as déjà parlé ?

– J'ai été sa prof, expliqua Melete. C'était un de mes étudiants, il y a longtemps, quand j'étais maître de conférences à la fac.

– Mais qu'est-ce que tu lui as fait ? Pourquoi est-ce qu'il te harcèle comme ça ?

– Je subodore qu'il n'existe aucune raison, dit Melete en soufflant gravement la fumée de sa cigarette. Je ne lui ai rien fait : je me souviens à peine de lui avoir donné des cours. Il était dans une de ces classes à plus de cinquante étudiants. Je ne l'ai pas remarqué. Évidemment, j'ai essayé de me remémorer un incident particulier, mais il n'y a rien. On pourrait passer notre vie à retracer les événements qui ont conduit à nos erreurs. Dans la mythologie, les personnages croient que le malheur leur tombe dessus parce qu'ils ont oublié de faire des offrandes à certains dieux. Mais il y a une autre explication : il est tout bonnement fou.

– Mais est-ce que tu as déjà essayé de lui parler ? » insista Elena.

Melete secoua la tête lentement.

« Non, je te le répète, je me souviens à peine de lui, alors que je n'oublie pas facilement les gens. Dans un sens, donc, cette attaque vient de là où je l'attendais le moins. En fait, je pourrais presque dire que cet étudiant est la dernière personne que j'aurais imaginée devenir une menace pour moi. »

Parfois, continua Melete, il lui semblait que c'était justement ça qui avait engendré le comportement de cet homme. Son appréhension de la réalité, en d'autres termes, s'était retournée contre elle, avait créé cette chose à l'extérieur d'elle qui la ridiculisait et la détestait. Mais encore une fois, dit-elle, ce genre d'idée appartient au monde de la sensibilité religieuse, même si, de nos jours, on parlerait plutôt de langage de la névrose.

« Je préfère appeler ça folie, dit-elle, qu'il s'agisse de la mienne ou de la sienne, et je m'efforce d'apprécier cet homme. Je lève les yeux et il est toujours là, qui agite les doigts et tire la langue. Je peux toujours compter sur lui, il est plus fidèle que n'importe laquelle de mes maîtresses. J'essaie de l'aimer en retour. »

Elle referma la carte des vins et leva un doigt pour appeler le serveur. Elena s'adressa à elle en grec et une brève dispute s'ensuivit, à laquelle se joignit le serveur à mi-parcours qui sembla manifestement prendre le parti de Melete, acquiesçant brusquement dans son sens malgré les supplications répétées d'Elena.

« Elena n'y connaît rien en vin », me confia Melete.

Cela ne parut pas froisser Elena. Elle revint au persécuteur de Melete.

« Ce que tu décris, dit-elle, n'est rien de moins que de la soumission. L'idée que tu devrais aimer tes ennemis est parfaitement ridicule. Ce n'est qu'un héritage de la religion. Dire que tu aimes ce que tu détestes et ce qui te déteste revient à admettre ta défaite, que tu acceptes la domination et cherches simplement à te réconforter. Et en disant cela, tu refuses de savoir ce qu'il pense vraiment de toi. Si tu lui parlais, tu le saurais. »

J'observais les clients aux tables et terrasses voisines, si bondées que toute la place semblait embrasée de conversations. Ici et là, des mendiants passaient entre les gens en pleine discussion qui mettaient souvent du temps à s'apercevoir de leur présence et qui, ensuite, leur donnaient un peu d'argent ou les chassaient. Je vis le manège se reproduire plusieurs fois, la silhouette spectrale quasi invisible derrière la chaise d'une personne en train de manger ou de parler, absorbée dans sa vie. Un tout petit bout de femme desséchée, capuche sur la tête, qui se mouvait entre les tables et s'approchait de nous, murmura quelque chose en tendant sa petite main griffue. Je regardai Melete lui glisser des pièces dans la paume et lui dire quelques mots, doucement en lui caressant les doigts.

« Ce qu'il pense n'a pas d'importance, continua-t-elle. Si je découvrais ce qu'il a dans la tête, je risquerais de le confondre avec moi. Et je ne veux pas plus me construire à partir des idées des autres que je ne compose un vers à partir du poème d'un autre.

– Mais pour lui c'est un jeu, un fantasme, rétorqua Elena. Les hommes aiment jouer à ce jeu. Parce qu'ils ont peur de ton honnêteté, que ça gâche le jeu. En manquant de franchise avec un homme, tu l'autorises à continuer le jeu, à vivre son fantasme. »

Comme pour confirmer cette idée, mon téléphone sonna sur la table. C'était un texto de mon voisin : *Vous me manquez*, disait-il.

Il n'y a qu'en dépassant le fantasme, poursuivit Elena, sur soi et les autres qu'on accède à un niveau de réalité où les choses prennent leur vraie valeur, où elles sont ce qu'elles semblent être. Je te l'accorde, certaines vérités ne sont pas bien jolies, mais ce n'est pas le cas de toutes. Le pire, d'après elle, était d'avoir affaire à une version d'une personne quand une autre restait cachée. Si un homme avait un mauvais côté, elle préférait le savoir sur-le-champ. Elle ne voulait pas sentir sa présence invisible en arrière-fond de la relation : elle voulait le révéler, le mettre au jour avant d'en être victime dans un moment de vulnérabilité.

Melete rit. « Si on suit cette logique, la moindre relation est impossible. Ça revient à se traquer sans cesse. »

Le serveur apporta le vin, une petite bouteille sans étiquette avec un liquide couleur d'encre, et Melete nous servit.

« Il est vrai, dit Elena, que les gens ont du mal à comprendre mon besoin de provocation. Alors que, pour moi, ça tombe sous le sens. Mais j'admets que beaucoup de mes histoires se sont terminées à cause de ça, parce que, inévitablement – en suivant cette logique, comme tu dis –, je me sens poussée à provoquer la rupture. Si la relation doit se terminer, en gros, je veux quasiment le savoir dès le début. Très souvent, j'ai eu l'impression que mes histoires n'avaient pas eu le temps de se développer parce que j'étais allée trop vite, de même que j'ai l'habitude, en ouvrant un livre, de commencer par lire le dernier chapitre. Je veux tout savoir d'avance. Je veux connaître le contenu de l'histoire sans prendre le temps de la vivre. »

Son compagnon actuel, dit-elle – un homme prénommé Konstantin – lui avait fait craindre ces tendances pour la première fois de sa vie car – contrairement à tous ceux qu'elle avait connus auparavant, si elle devait être honnête – elle le considérait comme son égal. Il était intelligent, beau, drôle, c'était un intellectuel : elle aimait être à ses côtés, aimait l'image qu'il lui renvoyait d'elle. De plus, il avait une morale et des attitudes qui lui étaient propres si bien qu'elle sentait – pour la première fois, insista-t-elle – une espèce de frontière invisible autour de lui, une ligne que, manifestement, elle ne devait pas franchir, même s'ils n'en avaient jamais discuté ensemble. Elle n'avait jamais connu de frontière aussi palpable chez ses anciens compagnons, des hommes dont les lignes de défense étaient généralement constituées de fantasmes et de tromperies que personne – pas même eux – ne pourrait lui reprocher d'avoir voulu faire tomber. Bref, non seulement elle sentait comme un interdit autour de Konstantin, l'impression que, si elle cherchait sa vérité, il le vivrait comme un vol par effraction, mais, en plus, elle redoutait ce pour quoi elle l'aimait : le fait qu'il soit son égal.

Cette arme, celle dont elle avait été si prompte à défaire les autres, était donc toujours en sa possession : le pouvoir de la blesser. Il y a peu, elle avait amené Konstantin à une fête où elle l'avait présenté à beaucoup de ses amis, elle avait aimé l'introduire dans son cercle social, voir sa beauté, son intelligence et son intégrité à travers leurs yeux – et vice versa, car beaucoup d'artistes et de gens intéressants se trouvaient à cette soirée. À un moment donné, elle avait surpris sa conversation avec une femme qu'elle connaissait mais qu'elle n'aimait pas beaucoup, Yanna. C'est en partie par rancune envers Yanna qu'elle avait cédé à la tentation d'écouter aux portes : elle voulait entendre Konstantin, imaginer la jalousie de Yanna face à l'esprit et au charme de son petit ami. Yanna interrogeait Konstantin sur les deux enfants qu'il avait eus de son précédent mariage, et, assez naturellement, raconta Elena toujours aux aguets, Yanna lui avait demandé s'il avait envie d'en avoir d'autres. Non, avait-il répondu, et Elena avait senti des couteaux la transpercer de toutes parts ; non, il n'en voulait pas d'autres, il était heureux comme ça.

Elle leva son verre à ses lèvres, la main tremblante.

« Nous n'avions jamais abordé le sujet, reprit-elle doucement, mais bien sûr, pour moi, la question restait ouverte, j'aurais pu en avoir envie plus tard. Soudain, cette fête joyeuse s'est transformée en torture. Je n'arrivais plus à rire, ni à sourire, ni à parler normalement avec qui que ce soit ; j'étais pressée de partir, d'être seule, mais je ne pouvais pas abandonner Konstantin. Il a remarqué que j'allais mal et n'a pas cessé de demander quel était le problème. Il partait en voyage d'affaires pour quelques jours le lendemain matin. Il fallait que je lui réponde, répétait-il. Il ne pouvait pas monter dans cet avion en me sachant dans un tel état. Mais ç'aurait été tellement humiliant d'avouer que j'avais écouté aux portes, et tellement compliqué parce que ce n'était pas du tout le bon moment pour aborder la question des enfants.

« Il semblait que nous étions dans une impasse dont nous ne pourrions pas ressortir indemnes. J'avais l'impression, qui ne m'a pas quittée depuis et qui s'intensifie à la moindre dispute, continua-t-elle, que nous étions pris dans un filet de mots, pris au piège de ces ficelles et de ces nœuds, chacun croyant pouvoir émettre une parole qui nous libérerait, mais plus les mots nous venaient, plus les nœuds et les mailles se resserraient. Je repense au temps béni où nous n'avions pas encore prononcé une seule syllabe : j'aurais aimé revenir à ce moment, confia-t-elle, juste avant que nous n'ouvrions la bouche pour parler. »

J'ai regardé le couple à la table d'à côté qui ne s'était quasiment pas adressé un mot de tout le dîner. Elle gardait son sac à main sur la table devant son assiette comme si elle avait peur qu'on ne le lui vole. L'accessoire la séparait de son mari qui lui jetait un coup d'œil de temps en temps.

« Mais as-tu dit à Konstantin que tu l'avais entendu ? demanda Melete. Le lendemain matin en attendant le taxi, tu le lui as dit ? »

Oui, répondit Elena. Il était gêné, bien sûr, et a argué que c'était une parole en l'air, que ça ne comptait pas, et, d'une certaine façon, je l'ai cru, ça m'a soulagée, mais, au fond de moi, je pensais, que vaut la parole ? Pourquoi dire quoi que ce soit si on peut le renier la minute suivante ? Mais bien sûr, je voulais qu'il retire ce qu'il avait dit. En y repensant, tout ça semble un peu irréel, comme si, en acceptant qu'il se dédise, je perdais la certitude que tout cela était bien arrivé. Bref, continua-t-elle, le taxi est apparu, il est monté dedans et il est parti, nous étions redevenus amis, mais quelque chose avait été entaché, comme ces robes fichues par une tache discrète mais indélébile – je nous imaginais dans des années, avec nos enfants, et moi, incapable d'oublier la façon dont il avait secoué la tête, répondu non quand quelqu'un lui avait demandé s'il en voulait d'autres, des enfants. Peut-être que lui se souviendrait que je pouvais envahir son intimité et le juger sur ce que j'y avais trouvé. À cette idée, j'ai eu envie de prendre la fuite, de le fuir lui, notre appartement et notre vie commune, pour aller me cacher quelque part, là où rien n'aurait encore été gâté. »

Il y eut un silence où se coula le bruit des conversations environnantes. Nous bûmes le vin, doux et sombre, si doux qu'on le sentait à peine sur la langue.

« La nuit dernière, j'ai fait un rêve, dit soudain Melete, dans lequel un groupe de femmes, des amies, des inconnues et moi-même tentions d'entrer à l'opéra. Sauf que, toutes, nous saignions, versions notre sang menstruel : c'était un capharnaüm indescriptible, devant cet opéra. Nos robes ainsi que nos chaussures étaient tachées de sang ; chaque fois qu'une femme arrêtait de saigner, le tour d'une autre venait, et nous déposions nos serviettes ensanglantées en un joli tas à la porte du bâtiment, un tas qui a tant grossi que les gens devaient le franchir pour entrer. Ils nous regardaient en passant, des hommes en smoking et nœud papillon affichant un air révulsé. L'opéra a commencé ; la musique nous parvenait de l'intérieur, mais le seuil nous était toujours inaccessible. J'étais terrifiée, dit Melete, à l'idée que tout ça soit en quelque sorte ma faute parce que j'étais la première à avoir remarqué le sang sur mes propres vêtements, et, gagnée par une honte terrible, je semblais avoir causé un problème beaucoup plus grand. Il me semble, dit-elle à Elena, que ton histoire avec Konstantin parle en fait de dégoût, le dégoût indélébile qui perdure entre les hommes et les femmes, et que tu veux sans cesse purger avec ce que tu appelles la franchise. Sans cette franchise, tu vois apparaître une tache, tu es obligée de reconnaître cette imperfection et la honte qui en découle te pousse à fuir et à te cacher. »

Elena et son casque doré acquiescèrent, et elle tendit une main par-dessus la table pour toucher les doigts de Melete.

Quand elle était petite, poursuivit Melete, elle était prise de vomissements terribles. Elle souffrit de ce syndrome plutôt épuisant durant plusieurs années. Les crises se produisaient toujours au même moment et dans les mêmes circonstances, à savoir à son retour de l'école en retrouvant sa mère et son beau-père. Naturellement, l'état de Melete inquiétait beaucoup sa mère qui n'en voyait pas la cause et le prenait comme une critique de son mode de vie, de l'homme qu'elle avait introduit dans leur foyer et que sa fille unique – presque par principe – n'aimait pas et refusait tout bonnement d'accepter. À l'école, Melete oubliait ses vomissements, mais dès qu'il était temps de rentrer à la maison, elle sentait venir les signes avant-coureurs, une espèce d'apesanteur, comme si le sol se dérobait sous ses pieds. Gagnée par l'angoisse, elle filait chez elle et, là, le plus souvent dans la cuisine où sa mère attendait de lui donner son quatre-heures, une extraordinaire nausée s'emparait d'elle. Elle allait s'allonger sur le canapé ; on tirait une couverture sur elle, on allumait la télévision et on laissait une bassine à ses côtés ; pendant que Melete vomissait, sa mère et son beau-père dînaient dans la cuisine et discutaient. Sa mère l'avait emmenée consulter des médecins, des thérapeutes jusqu'à ce qu'un pédopsychiatre suggère – au plus grand ahurissement des adultes qui lui payaient ses honoraires – qu'elle apprenne à jouer d'un instrument. Il lui demanda s'il y avait un instrument en particulier qui lui plaisait et elle répondit, la trompette. Bien à contrecœur, sa mère et son beau-père avaient fini par lui acheter une trompette. Tous les jours après l'école, au lieu d'avoir cette terrible envie de vomir, elle pouvait donc espérer souffler dans son instrument en cuivre et produire cette musique pleine d'insolence. Par ce biais, elle exprimait son dégoût d'une humanité viciée et réussissait à interrompre les dîners en tête à tête dans la cuisine ; elle n'était plus leur victime.

« Dernièrement, dit-elle, j'ai sorti la trompette de son étui et je m'y suis remise. Je joue dans mon petit appartement. » Elle rit. « Ça me fait du bien d'entendre à nouveau cette musique insolente. »

En redescendant la colline, Elena annonça qu'elle devait passer place Kolonaki pour récupérer sa moto. Elle proposa de ramener Melete puisqu'elles ne vivaient pas loin l'une de l'autre. C'était le moyen de transport le plus rapide, me dit-elle. Elle avait exploré la Grèce comme ça avec sa plus vieille amie, Hermione ; elles avaient pris des ferries pour aller sur les îles, juste avec leur moto, un peu d'argent et leurs maillots de bain, et avaient trouvé des plages au bout de pistes que personne n'empruntait. Hermione s'était accrochée à elle alors qu'elles dévalaient les flancs de montagnes formidables, dit-elle, et elles n'avaient jamais eu d'accident. Avec le recul, ces moments comptaient parmi les plus beaux de sa vie, même si, sur le coup, elles les avaient plutôt envisagés comme un prélude, une période d'attente avant que le vrai spectacle de la vie ne débute pour de bon. Tout cela s'était plus ou moins volatilisé depuis qu'elle était avec Konstantin : elle ne savait pas trop pourquoi parce que jamais il ne l'empêcherait de voyager avec Hermione, ça lui plairait, même, parce que les hommes d'aujourd'hui aiment qu'on leur montre notre indépendance. Mais cela me paraîtrait faux, d'une certaine façon, dit-elle, une copie, essayer de redevenir ces filles-là, dévaler des pistes à fond de train sans jamais savoir ce qui se trouve au bout.

9

Je leur avais demandé d'écrire un récit impliquant un animal, mais tous ne l'avaient pas fait. Christos avait invité la classe à aller danser le lindy hop la veille ; ils s'étaient couchés tard, épuisés, même si Christos, lui, semblait frais comme un gardon. Radieux, il était assis les bras croisés, fier, en forme, et riait à gorge déployée en entendant les commentaires des autres au sujet de la soirée. Il s'était levé tôt pour écrire son histoire, dit-il, même s'il avait trouvé difficile d'introduire un animal dans son texte parce qu'il avait voulu traiter de l'hypocrisie des dirigeants religieux et de l'incapacité des commentateurs de la vie publique à vraiment les observer à la loupe. Comment les citoyens ordinaires pourraient-ils développer une conscience politique si les intellectuels de notre temps ne leur montraient pas l'exemple ? Sur cette question, Christos et ses amis, Maria notamment, n'étaient pas tous du même avis. Maria penchait en faveur de la persuasion : il pouvait être contre-productif, disait-elle, de vouloir que les gens admettent des vérités déplaisantes. Il fallait rester sur le fil des choses, proche mais séparé, comme une hirondelle effleure les contours d'un paysage, le décrit sans jamais se poser.

Christos avait donc bataillé, expliqua-t-il pour introduire un animal dans son récit sur les prises de position scandaleuses de deux évêques orthodoxes lors d'un récent débat public. Mais c'était peut-être justement mon intention, avait-il pensé. Autrement dit, j'avais peut-être cherché à dresser un obstacle qui lui interdirait de suivre ses inclinations et le forcerait à choisir une autre voie. Mais il avait beau essayer, il ne voyait pas comment introduire un animal dans la salle de conférences d'un bâtiment public. En outre, sa mère n'arrêtait pas de le déconcentrer en s'affairant dans le salon, la pièce de leur petit appartement la moins souvent utilisée et où il faisait donc généralement ses devoirs, étalant ses livres et ses papiers sur la table en acajou, un meuble qu'il avait toujours vu là, d'aussi loin qu'il s'en souvienne. Mais ce matin, elle lui avait demandé de débarrasser la table. Des membres de la famille venaient dîner et il lui fallait faire le ménage à fond avant leur arrivée. Il lui demanda, non sans irritation, de le laisser tranquille – j'essaye d'écrire, dit-il, comment faire si je n'ai pas mes affaires et si tu me déranges tout le temps ? Il avait complètement oublié ce dîner organisé depuis longtemps en l'honneur de sa tante, son oncle et ses cousins qui vivaient en Californie et revenaient en Grèce pour la première fois depuis des années. Il savait que sa mère n'était pas impatiente de les voir : cette branche de la famille était prétentieuse, sa tante et son oncle envoyaient des lettres à leur famille restée en Grèce, lettres qui se voulaient affectueuses et attentionnées, mais qui n'étaient qu'une occasion de se vanter de tout l'argent qu'ils gagnaient en Amérique, de la taille de leur voiture, de la piscine qu'ils venaient de faire construire et qui donc les empêchait de venir lui rendre visite. De sorte que cela faisait très longtemps, ainsi qu'il l'avait déjà dit, que sa mère et lui n'avaient pas vu ces gens à part sur les photos qu'ils envoyaient régulièrement, sous un soleil éclatant à côté de leur maison et de leur voiture, à Disneyland, devant le Hard Rock Cafe ou ailleurs, avec les grandes lettres-panneaux Hollywood en fond. Ils envoyaient aussi des photos de leurs enfants lors des remises de diplôme, mortier sur la tête et toge à fourrure sur le dos, dévoilant un sourire coûteux sur un faux ciel bleu. Sa mère mettait consciencieusement ces photos sur le buffet ; elle espérait que, un jour, Christos lui aussi obtiendrait son diplôme et alors elle pourrait mettre sa photo à côté des leurs. Celle que détestait le plus Christos représentait son cousin Nicky, beau, souriant et musclé au milieu d'un paysage désertique avec un énorme serpent – un boa constrictor – autour des épaules. Cette image hautement virile l'avait souvent hanté depuis le buffet, mais en la regardant à présent, son énervement après sa mère se dissipa : il compatissait, il aurait aimé être un meilleur fils, plus courageux. Alors il avait arrêté de travailler et l'avait aidée à tout ranger.

Georgeou leva la main. Il remarquait, dit-il, que si hier les fenêtres étaient ouvertes et la porte fermée, aujourd'hui c'était le contraire : les fenêtres étaient fermées, et la porte sur le couloir grande ouverte. Par ailleurs, il voulait savoir si j'avais vu qu'on avait déplacé l'horloge. Elle n'était plus sur le mur de gauche mais sur celui d'en face, exactement à la même hauteur. Ce changement de place s'expliquait sans doute, mais il ignorait comment. Si jamais une explication me venait, il aimerait l'entendre car cette situation le troublait.

Christos avait terminé d'écrire son histoire dans le bus, reprit-il, après s'être aperçu que la photo de Nicky avait résolu son problème. Dans la salle de conférences, l'un des évêques est victime d'une hallucination : il voit un gigantesque serpent autour des épaules de l'autre évêque et comprend que l'animal symbolise leur hypocrisie et leurs mensonges. Il jure alors de devenir quelqu'un de meilleur, de toujours rester du côté de la vérité et de ne plus jamais trahir son peuple.

Christos croisa les bras de nouveau, lança un sourire à ses camarades et Clio, la pianiste, leva la main. Elle aussi avait eu du mal à écrire sur un animal. Elle n'y connaissait rien : elle n'avait jamais eu d'animal domestique. Cela avait été impossible parce que sa pratique du piano lui imposait d'avoir un emploi du temps très strict quand elle était jeune. Elle n'aurait pas pu s'en occuper ni lui apporter l'attention dont il aurait eu besoin. Mais cette contrainte lui avait fait voir les choses sous un autre angle : en rentrant chez elle, elle s'était détournée de ce qui l'intéressait d'habitude pour se concentrer sur les oiseaux, pas seulement sur leur apparence, mais sur leur chant et il lui avait suffi de tendre l'oreille pour s'apercevoir qu'ils étaient partout autour d'elle. Elle se rappela un morceau qu'elle n'avait pas écouté depuis longtemps, composé par le musicien français Olivier Messiaen durant la Seconde Guerre mondiale alors qu'il était prisonnier dans un camp d'internement. Si elle avait bien compris, une partie de ce morceau était basée sur les chants d'oiseaux qu'il avait entendus autour de lui pendant sa détention. Elle avait été frappée par cette image des oiseaux en liberté pendant que l'homme en captivité notait le chant de cette liberté.

Il était intéressant de penser, intervint Georgeou, que le rôle de l'artiste puisse se résumer à enregistrer des séquences comme un ordinateur programmé dans ce but pourrait peut-être le faire un jour. Même le style pourrait sans doute être fractionné en séquences à partir d'un nombre fini de possibilités. Il se demandait parfois si on inventerait un ordinateur qui serait influencé par la quantité énorme de ses propres connaissances. Il serait très intéressant de voir fonctionner un tel ordinateur, dit-il. Mais il lui semblait que n'importe quel système de représentation pouvait être démoli très simplement par la violation de ses propres règles. En partant de chez lui ce matin, par exemple, il avait remarqué un petit oiseau sur le bord de la route qui avait tout l'air d'être perdu dans ses pensées. Il regardait dans le vide, à la manière de ces gens qui essaient de résoudre un problème de maths dans leur tête et Georgeou s'était approché tout près de lui tandis que l'oiseau ne se rendait compte de rien. Il aurait pu le prendre dans sa main. Enfin, l'animal le vit et faillit mourir de peur. Georgeou avait des doutes quant à l'instinct de conservation de cet oiseau. Le récit qu'il avait écrit, précisa-t-il, était entièrement basé sur son expérience personnelle et reproduisait telle quelle une conversation qu'il avait eue avec sa tante qui travaillait pour un laboratoire à Dubaï et étudiait les mutations de certaines particules. La seule chose qu'il avait inventée était le lézard que sa tante gardait sous le bras pendant leur discussion. Il avait fait lire le récit à son père qui lui avait confirmé l'exactitude des informations et s'était dit heureux d'avoir pu être témoin de cette conversation pour la seconde fois car le sujet l'intéressait. Quant au lézard, il avait trouvé, si Georgeou se souvenait bien de l'expression employée, qu'il ajoutait une jolie note à l'ensemble.

Sylvia expliqua qu'elle n'avait rien écrit. Sa contribution de la veille, si je m'en souvenais bien, avait déjà concerné un animal, le petit chien blanc qu'elle avait vu perché sur l'épaule d'un grand homme au teint mat. Mais, après avoir entendu les autres, elle avait regretté de ne pas avoir choisi quelque chose de plus personnel, qui lui aurait permis d'exprimer une facette de sa personnalité plutôt que de montrer une simple image qui valait la peine d'être vue. En fait, elle avait tenté de retrouver l'homme au chien dans le train du retour parce qu'elle croyait avoir quelque chose à lui dire. Elle voulait lui dire de descendre le chien de son épaule et de le laisser se déplacer par lui-même, ou, mieux, de s'acheter un chien ordinaire et laid pour que les gens comme elle ne soient pas distraits de leur propre vie. Par ce comportement, il cherchait à attirer l'attention sur lui, ce qui, elle, l'indignait car cela lui renvoyait l'image d'une femme très inintéressante ; et voilà qu'elle le mentionnait pour la seconde fois dans ce cours !

Sylvia avait un joli petit visage anxieux et une énorme masse de cheveux cendrés, ondulés et bouclés comme ceux d'une jeune fille – elle passait souvent les doigts dedans – qui lui tombaient sur les épaules. Évidemment, continua-t-elle, elle ne l'avait pas recroisé parce que la vie ne fonctionnait pas comme ça : elle avait retrouvé l'appartement où elle vivait seule comme elle l'avait laissé le matin. Le téléphone avait sonné. C'était sa mère qui l'appelait toujours à cette heure. Elle voulait savoir comment s'étaient passés les cours. Sylvia est professeure de littérature anglaise dans la banlieue d'Athènes. Sa mère avait oublié qu'elle avait pris une semaine pour suivre l'atelier d'écriture. « Je lui ai rafraîchi la mémoire, dit Sylvia. Bien sûr, ma mère voit l'écriture d'un œil très circonspect, c'est donc logique qu'elle ait oublié mon projet. Tu aurais dû partir en vacances à la place, m'a-t-elle dit, tu aurais dû aller sur une île avec des amis. Tu devrais vivre au lieu de penser tout le temps à des livres. Histoire de changer de sujet, je lui ai dit : Maman, parle-moi de quelque chose que tu as remarqué aujourd'hui. Qu'est-ce que j'aurais remarqué ? m'a-t-elle demandé. J'ai passé toute la journée à la maison à attendre que le réparateur vienne s'occuper de la machine à laver. Il n'est jamais arrivé. Après avoir raccroché, je me suis installée devant mon ordinateur. J'avais donné un devoir à mes élèves, la date de remise était passée, mais quand j'ai vérifié mes mails, pas un ne m'avait envoyé son travail. C'était une rédaction sur *Amants et fils* de D.H. Lawrence, le livre qui m'inspire le plus, et aucun d'entre eux n'avait eu quoi que ce soit à dire dessus.

« Je suis allée dans la cuisine, continua-t-elle, décidée à écrire une histoire, à essayer, du moins. Mais tout ce qui me venait à l'esprit, était cette phrase qui décrivait exactement ce que je vivais : *une femme se tenait dans la cuisine et se disait qu'elle allait essayer d'écrire une histoire.* Sauf que cette phrase n'était reliée à aucune autre. Elle avait surgi de nulle part, ne débouchait sur rien non plus, pas plus que je n'allais quelque part en restant debout dans ma cuisine. Dans la pièce d'à côté, j'ai sorti un livre de ma bibliothèque, un recueil de nouvelles de D.H. Lawrence. C'est mon écrivain préféré, dit-elle. En fait, il a beau être mort, je crois que c'est la personne que j'aime le plus au monde. J'aimerais être l'un de ses personnages et vivre dans un de ses romans. Les gens que je rencontre dans la vie semblent dépourvus de personnalité. Alors que l'existence est si riche quand je la regarde à travers ses yeux à lui, et la mienne, en comparaison, paraît souvent stérile, comme un mauvais lopin de terre sur lequel rien ne poussera jamais malgré tout le mal que je pourrais me donner. J'ai commencé à lire la nouvelle intitulée « Un paon en hiver ». C'est un récit autobiographique, précisa-t-elle, où Lawrence raconte son séjour dans un coin reculé de la campagne anglaise en hiver, et, au cours d'une promenade, un jour, il entend un son bizarre et découvre qu'un paon est pris dans la neige sur la colline. Il ramène l'oiseau à sa propriétaire, une femme étrange dans une ferme voisine qui attend que son mari rentre de la guerre.

« Arrivée à ce passage, dit-elle, j'ai cessé de lire : pour la première fois, Lawrence échouait à me faire sortir de ma vie. Peut-être était-ce dû à la neige, la bizarrerie de la femme, ou au paon lui-même, mais, soudain, ces événements et le monde qu'il décrivait m'ont paru sans rapport avec moi, ici dans mon appartement moderne en pleine canicule athénienne. Sans que je sache pourquoi, je ne le supportais plus, comme si j'étais l'otage de sa vision, alors j'ai refermé le livre et suis allée me coucher. »

Sylvia se tut. Mon téléphone sonna sur la table. Je vis le numéro de Lydia la banquière qui clignotait sur l'écran et je proposai au groupe de faire une courte pause. Je sortis dans le couloir au milieu des panneaux d'affichage. Mon cœur battait douloureusement dans ma poitrine.

« Allô, Faye ? demanda Lydia.
– Elle-même », répondis-je.

Elle me demanda comment je me portais. À la sonnerie, elle devinait que j'étais à l'étranger, dit-elle. Où êtes-vous donc ? Athènes, répondis-je. Quelle chance, dit-elle. Elle s'excusait de n'avoir pas pu me rappeler plus tôt. Elle s'était absentée du bureau ces deux derniers jours. Ils étaient quelques-uns de son service à avoir obtenu des places pour Wimbledon grâce au comité d'entreprise : la veille, elle avait vu Nadal se faire battre, un moment très étonnant. Bref, elle espérait que la nouvelle ne gâcherait pas mes vacances, mais elle était au regret de m'informer que les assureurs avaient rejeté ma demande d'augmentation de crédit. Ils ne sont pas obligés de se justifier, dit-elle quand je voulus connaître la raison de ce refus. C'est la conclusion à laquelle ils étaient arrivés après examen des documents fournis. J'espère que ça ne va pas trop affecter vos vacances, répéta-t-elle. Je la remerciai de m'avoir prévenue, et elle répondit, mais je vous en prie. Je suis désolée de ne pas être porteuse de meilleures nouvelles.

Je remontai le couloir, franchis les portes vitrées à l'entrée du bâtiment et sortis dans la chaleur accablante de la rue. Je restai un instant aveuglée par la lumière tandis que les voitures et les gens circulaient autour de moi, comme dans l'attente d'un événement, d'une possible alternative. Une femme affublée d'un chapeau à pois et d'un énorme appareil photo pendu autour de son cou me demanda le chemin pour aller au musée Binyaki. Je le lui indiquai puis regagnai ma place dans la salle. Georgeou voulut savoir si tout allait bien. Il avait remarqué, dit-il, que j'avais fermé la porte et se demandait si cela voulait dire qu'il fallait ouvrir les fenêtres. Il serait heureux de s'en charger, au cas où. Oui, vas-y, répondis-je. Il bondit de sa chaise avec une telle impatience qu'il la renversa. Étonnamment réactive, Penelope la rattrapa juste à temps et la redressa avec précaution. Elle avait été persuadée qu'elle n'aurait rien à apporter en classe, dit-elle sur un ton plutôt énigmatique, en dehors de ses rêves souvent si horribles et bizarres qu'elle se disait qu'il faudrait en parler un jour à quelqu'un. Mais, en règle générale, ce n'était pas possible, et après la séance d'hier, elle avait reconnu qu'une personne dans sa situation, une personne qui n'avait pas de temps pour elle, ne pouvait pas devenir écrivain. Si bien qu'elle avait passé la soirée, comme à l'ordinaire, à préparer le dîner de ses enfants et à répondre à leurs demandes incessantes.

Pendant qu'ils mangeaient, la sonnette avait retenti : c'était Stavros le voisin qui venait leur montrer un chiot de la nouvelle portée de sa chienne. Bien sûr, cela mit les enfants dans tous leurs états : ils laissèrent refroidir la nourriture dans leurs assiettes et se jetèrent sur Stavros, le suppliant chacun leur tour de pouvoir prendre la bête dans leurs bras. Le minuscule chiot ouvrait à peine les yeux et Stavros leur dit de faire très attention, mais les laissa le tenir. « J'ai vu chacun des enfants se transformer en créature la plus douce et la plus attentive qui soit, dit-elle, à croire que le chiot avait vraiment rendu leur personnalité plus délicate ; ils caressaient la petite tête douce du bout des doigts, lui murmuraient à l'oreille et cela aurait duré indéfiniment si Stavros n'avait pas expliqué qu'il devait partir. Les chiots étaient à vendre, précisa-t-il ; à ces mots, les enfants sautèrent dans tous les sens, pris d'une excitation aussi sincère que contagieuse de sorte que, à mon grand étonnement, elle commença à me gagner moi aussi. Penser à tout l'amour que je recevrais en retour si je cédais à leur demande était presque irrésistible.

Mais le souvenir de la chienne de Stavros, obèse et déplaisante, a pris le dessus. Non, ai-je répondu, on ne prendrait pas de chien ; je l'ai remercié de nous l'avoir montré et il est parti. Les enfants étaient très déçus. Tu gâches toujours tout, m'a dit mon fils. Et ce n'est qu'à cet instant, alors que le charme exercé par le chiot s'était complètement dissipé, que la raison m'est revenue, accompagnée d'un sens des réalités si cru et puissant qu'il a semblé éclairer notre foyer sous un jour aussi impitoyable que si le toit au-dessus de nos têtes avait été arraché pour nous exposer à la vue de tous.

« J'ai envoyé les enfants dans leurs chambres sans qu'ils aient terminé de manger, et, les mains tremblantes, j'ai commencé à écrire, assise à la table de la cuisine. Il se trouve que, deux ans plus tôt, j'avais acheté un chiot dans des circonstances très similaires à ce que je viens de raconter, et le fait de se retrouver exactement dans la même situation sans en avoir retenu la moindre leçon m'a fait voir, là aussi, notre vie et surtout mes enfants sous un jour d'une froideur inimaginable. L'histoire remonte donc à deux ans : la chienne était un animal adorable répondant au nom de Mimi avec un pelage couleur tabac et des yeux comme deux pastilles de chocolat, et, à son arrivée chez nous, elle était si minuscule et charmante que tout le soin qu'elle exigeait était compensé par le plaisir que prenaient les enfants à jouer avec elle et à la montrer à leurs amis. On peut presque affirmer que, de peur de gâcher leur bonheur, je ne voulais pas qu'ils aient à nettoyer après Mimi qui répandait par ailleurs les déjections les plus nauséabondes qui soient à travers la maison ; alors que Mimi grandissait et exigeait de plus en plus d'attention, j'ai demandé à mes enfants de s'en occuper un peu plus puisque c'étaient eux qui avaient choisi d'avoir un chien – ainsi que je me tuais à le leur rappeler. Mais ils se sont vites habitués à mes remontrances : ils n'avaient pas envie de sortir Mimi ni de ramasser ses excréments ; en outre, ses aboiements ou ses incursions dévastatrices dans leurs chambres ont commencé à les énerver. Ils ne voulaient même pas d'elle dans le salon avec eux le soir parce qu'elle ne restait pas tranquille sur le canapé mais courait sans cesse à travers la pièce et les empêchait de regarder la télé.

« En plus de devenir beaucoup plus imposante et énergique que prévu, Mimi a développé une obsession pour la nourriture et, si je ne la surveillais pas constamment, elle grimpait sur les meubles de la cuisine et dévorait tout ce qu'elle trouvait. J'ai vite appris à tout mettre hors de portée, mais il me fallait rester très vigilante et ne jamais oublier de fermer les portes pour qu'elle n'aille pas dans les chambres, portes que les enfants laissaient bien sûr toujours ouvertes ; quand je la promenais, elle tirait si fort sur la laisse que j'avais l'impression qu'elle allait m'arracher le bras. Je ne pouvais jamais la lui enlever non plus, parce que sa passion pour la nourriture la lançait dans des courses folles. Un jour, elle s'est précipitée dans les cuisines d'un café près du parc et le chef, furieux, l'a surprise en train de manger un chapelet de saucisses qu'il avait laissé sur le plan de travail. Une autre fois, elle avait arraché son sandwich des mains à un homme assis sur un banc. J'ai compris que, lorsqu'on sortait, je devais toujours la garder en laisse, mais que j'étais tout aussi liée à elle dans la maison, et j'ai commencé à penser qu'en offrant Mimi aux enfants, j'avais, dans le même temps et sans m'en apercevoir, perdu ma liberté.

« C'était une belle chienne et tout le monde la remarquait. Tant que je la gardais en laisse, elle n'arrêtait pas de recevoir des compliments des passants. Épuisée comme je l'étais, je me suis mise bizarrement à être jalouse de sa beauté et de l'attention qu'elle suscitait. En résumé, je me suis mise à la détester et, un jour, alors qu'elle avait aboyé tout l'après-midi et que les enfants avaient refusé de la sortir, je l'ai trouvée dans le salon en train de déchiqueter un coussin tout neuf pendant que les petits, indifférents, regardaient la télévision ; j'ai été prise d'une telle furie incontrôlable que je l'ai frappée. Les enfants étaient profondément choqués et en colère. Ils se sont jetés sur Mimi pour la protéger ; ils me regardaient comme si j'étais un monstre. Mais, dans mon esprit, si j'étais un monstre, alors je devais cette transformation à Mimi.

« Par la suite, mes enfants n'ont cessé de me rappeler l'incident, mais, avec le temps, ils ont fini par oublier et, un jour, après un événement à peu près identique au précédent, la chose s'est reproduite une deuxième fois, puis une troisième jusqu'à ce que le fait de battre Mimi soit presque accepté. La chienne m'évitait de plus en plus ; elle me regardait différemment et se montrait plus retorse, détruisait des affaires dans la maison de manière sournoise, tandis que les enfants me traitaient de plus en plus froidement, devenaient plus distants, ce qui, d'une certaine façon, me libérait mais rendait ma vie moins gratifiante. Pour atténuer cette impression et tenter de rétablir une certaine complicité avec eux, j'ai décidé d'offrir un anniversaire magnifique à mon fils et j'ai passé la moitié d'une nuit à lui préparer un gâteau. Il était superbe et très original avec des noix et des copeaux de chocolat sur le dessus ; quand j'ai eu fini, je l'ai mis hors de portée de Mimi et suis allée me coucher.

« Le lendemain matin, après le départ des enfants pour l'école, ma sœur est passée me voir. Je suis toujours un peu distraite quand je suis avec elle ; c'est comme si je devais être en représentation, mettre ma vie en scène plutôt que de la lui montrer telle qu'elle est. J'ai donc sorti le gâteau alors qu'elle l'aurait vu de toute façon puisqu'elle était invitée à l'anniversaire. À cet instant, une alarme s'est déclenchée dans la rue et, croyant que c'était peut-être celle de sa voiture – qu'elle venait d'acheter et qu'elle n'aimait pas garer devant chez moi parce que, d'après elle, mon quartier était moins sûr que le sien –, elle s'est précipitée dehors, en panique. Je l'ai suivie, parce que, comme je l'ai dit, quand je suis avec elle je vois tout à travers son regard, je suis plus ou moins attirée par son point de vue, comme quand nous étions enfants j'étais attirée par sa chambre parce que je la croyais mieux que la mienne. Alors qu'on était dans la rue à s'assurer que tout allait bien, ce qui était le cas, j'ai pris conscience d'avoir déserté ma vie de même que je désertais ma chambre autrefois ; et soudain une lucidité extraordinaire m'a submergée, une sorte de douleur secrète, un tourment intérieur qu'il m'était impossible de partager avec les autres parce qu'ils s'attendaient que vous vous préoccupiez d'eux tout en restant insensibles à ce qui se passait en vous, comme la petite sirène qui a l'impression de marcher sur des couteaux que personne ne voit.

« Je ne bougeais pas pendant que ma sœur parlait de sa voiture et de ce qui avait pu déclencher l'alarme et je me suis laissée aller à cette solitude douloureuse ; en acceptant cette solitude, je le savais, j'acceptais de voir la vie sous son angle le plus sombre. Bref, je savais que quelque chose de terrible allait arriver, que cela arrivait à l'instant même et quand je suis retournée à l'intérieur, Mimi était sur le comptoir, la truffe dans le gâteau d'anniversaire et les mâchoires actives, ce qui ne m'a pas du tout surprise. Elle a levé les yeux en nous voyant, clouée sur place, des copeaux de chocolat accrochés à son museau ; et puis c'est comme si elle avait pris une décision parce que, au lieu de sauter du comptoir et de courir se cacher, elle m'a lancé un regard de défi et a de nouveau enfoncé sa gueule de loup vorace dans le gâteau pour le terminer.

« J'ai traversé la cuisine et l'ai attrapée par le collier. Devant ma sœur, je l'ai éloignée du comptoir et l'ai envoyée valser par terre. Après, malgré ses geignements et ses coups de patte, je l'ai frappée. Ou plus exactement, nous nous sommes battues, moi essoufflée et cherchant à la cogner le plus fort possible, elle se tordant et geignant jusqu'à ce qu'elle finisse par se libérer du collier. Elle a quitté la cuisine en courant, les griffes qui cliquetaient et dérapaient sur le carrelage. Elle a profité de la porte d'entrée encore ouverte pour foncer dans la rue et disparaître. »

Penelope fit une pause et se massa délicatement les tempes du bout des doigts.

« Le téléphone a sonné tout l'après-midi, reprit-elle. Je l'ai déjà dit, Mimi était un très beau chien et elle était bien connue des voisins du quartier ainsi que de mes amis ailleurs en ville si bien que les gens appelaient pour me prévenir qu'ils l'avaient aperçue. On la voyait partout, dans le parc et au centre commercial, devant le pressing et le cabinet dentaire, devant le salon de coiffure, la banque, l'école des enfants :

elle est passée partout où nous avions été obligés de l'emmener, chez nos amis, le professeur de piano, à la piscine et la bibliothèque, sur l'aire de jeux, les terrains de tennis et, de partout, des gens me prévenaient. Beaucoup avaient essayé de l'attraper ; certains l'avaient prise en chasse, et le laveur de vitrines l'avait suivie pendant un moment dans sa camionnette, mais personne n'avait réussi à la retenir. Elle a fini par arriver à la gare juste au moment où mon beau-frère descendait d'un train : il m'a appelée et a tenté de la coincer avec l'aide d'autres passagers et des vigiles, mais, là aussi, elle leur a échappé. L'un des vigiles avait été légèrement blessé en se heurtant à un chariot de bagages quand il avait plongé pour la saisir par la queue ; au final, elle s'est enfuie sur les voies et personne ne sait où elle est allée. »

Penelope poussa un grand soupir et se tut, la poitrine visiblement agitée par sa forte respiration, l'air stupéfait.
« Voilà l'histoire que j'ai écrite, finit-elle par dire, à la table de la cuisine la nuit dernière après la visite de Stavros et du chiot. »

D'après Theo, le problème était sans doute qu'elle avait choisi le mauvais chien dès le départ. Lui-même était le maître d'un carlin, expliqua-t-il, et il n'avait jamais eu d'ennuis.

Sur quoi Marielle s'apprêta à parler. On aurait dit un paon agitant ses plumes raides avant de déplacer le grand éventail de sa queue. Ce jour-là, elle portait des vêtements couleur cerise qui lui remontaient jusqu'à la gorge, ses cheveux jaunes maintenus par un peigne et ses épaules couvertes d'une espèce de mantille de dentelle noire.

« J'ai acheté un chien à mon fils quand il était petit, dit-elle d'une voix traumatisée et chevrotante. Il l'aimait à la folie, mais l'animal a été écrasé sous ses yeux par une voiture quand il était encore chiot. Mon fils a ramassé son cadavre et l'a rapporté à l'appartement, pleurant comme je n'avais jamais vu personne pleurer. Cette expérience a complètement gâté son caractère. Aujourd'hui, c'est un homme froid et calculateur qui ne s'intéresse qu'à ce qu'il peut soutirer de la vie. De mon côté, je fais davantage confiance aux chats, dit-elle, qui sont au moins capables de régler la question de leur propre survie, et s'ils ne connaissent pas le pouvoir et l'influence, et si d'aucuns disent qu'ils vivent de jalousie et d'un certain degré d'égoïsme, ils sont toutefois doués d'un instinct étonnant et d'un bon goût infaillible.

« Mon mari m'a laissé nos chats, continua-t-elle, en échange de certains objets précolombiens dont il ne voulait surtout pas se départir tout en prétendant que se séparer de ces animaux revenait à abandonner une partie de lui-même, au point qu'il avait presque peur de se montrer dehors s'il ne pouvait plus suivre l'exemple des chats. Du reste, poursuivit-elle, il est vrai que, depuis, il est moins chanceux : il a acheté une gravure de Klimt qui s'est révélée être un faux et il a beaucoup investi dans le dadaïsme quand le premier venu aurait pu lui dire que l'intérêt du public pour cette période déclinait inexorablement. À l'inverse, pour ce qui me concerne, il m'a été impossible d'éviter les largesses des dieux ; au marché aux puces, j'ai déniché un petit bracelet en forme de serpent que j'ai payé cinquante cents. Un ami de mon mari, Arturo, l'a aperçu à mon poignet un jour où l'on s'est croisés par hasard dans la rue et l'a apporté à son laboratoire pour l'étudier de plus près et quand il me l'a rendu, il m'a dit qu'il venait du tombeau de Mycènes et qu'il était d'une valeur inestimable, information qu'il a forcément transmise à mon mari lors d'une de leurs soirées au Brettos Bar.

« Mais les chats, ainsi que je le disais, sont des créatures exigeantes et jalouses, et depuis que mon amant s'est installé chez moi, ils ont du mal à l'accepter malgré les attentions constantes qu'il leur prodigue mais qu'ils oublient dès qu'il a le dos tourné. Malheureusement, c'est un homme désordonné, un philosophe qui laisse traîner ses livres et ses papiers partout et si mon appartement ne perd pas de son éclat facilement, il faut tout de même qu'il soit arrangé d'une certaine façon pour demeurer sous son meilleur jour. Tout y est peint en jaune, la couleur du bonheur et du soleil, mais aussi, d'après mon amant, la couleur de la folie, si bien qu'il lui faut très souvent monter sur le toit pour se concentrer sur le bleu cérébral du ciel. En son absence, je sens le bonheur revenir ; je range alors ses livres dont certains sont si lourds que, même à deux mains, j'ai peine à les soulever. Après bien des débats, je lui ai concédé deux étagères dans ma bibliothèque et il a gentiment choisi celles du bas même si je sais qu'il aurait préféré celles du haut. Mais les œuvres de Jürgen Habermas, dont mon amant possède une belle collection, sont aussi lourdes que les blocs de pierre utilisés pour bâtir les pyramides. Des hommes sont morts, ai-je dit à mon compagnon, pour construire ces structures aux larges bases et au sommet fin et lointain ; mais il m'a rétorqué qu'Habermas est son champ d'action, et qu'à ce stade de sa vie on ne lui offrira pas d'espace plus grand où vagabonder. Parle-t-on d'un homme ou d'un poney ? Pendant qu'il contemple le ciel sur le toit, c'est la question que je me pose et je deviens presque nostalgique de la nature effroyable de mon mari après qui je devais courir si vite que j'ai toujours bien dormi la nuit. Parfois, je me réfugie auprès de mes amies et, ensemble, nous pleurons et faisons du tissage jusqu'au moment où mon compagnon ouvre le piano pour jouer une tarentelle ou préparer un cabri mariné tout un après-midi dans du vin avec des clous de girofle, et, séduite par ces sons et ces odeurs, je lui reviens, soulève les blocs rocheux d'Habermas et les replace sur les étagères. Puis un jour, j'ai arrêté, j'ai admis que je ne pouvais plus continuer ainsi et qu'il fallait laisser régner le désordre ; j'ai peint les murs en eau-de-Nil, sorti mes propres livres de la bibliothèque et les ai laissés traîner, j'ai attendu que les roses se fanent dans leur vase. Il était ivre de joie et m'a dit que j'avais franchi un cap important. Nous sommes sortis fêter cela, et, à notre retour, les chats avaient été pris de folie au milieu de la bibliothèque saccagée et des pages volantes comme une tempête de neige. Ils ravageaient le dos des livres à coups de dents acérées, le tout sous nos yeux alors que le chablis coulait encore dans nos veines. Ils n'avaient pas touché à mes romans ni aux volumes reliés cuir : ils n'avaient attaqué qu'Habermas, avaient arraché sa photo de toutes les couvertures, *L'Espace public* lacéré par leurs griffes. Du coup, dit-elle pour conclure, mon compagnon a appris à mettre ses livres en sécurité. Il ne cuisine plus, n'ouvre plus le piano, et s'il ne peut plus tout à fait jouer le même personnage, c'est aux chats – et peut-être aussi à mon mari – que je le dois, pour le meilleur et pour le pire. »

N'est-il pas vrai, remarqua Aris – le garçon qui, la veille, avait raconté l'histoire du chien en putréfaction –, que nous utilisons les animaux comme de purs reflets de la conscience humaine alors que, dans le même mouvement, leur existence exerce une espèce de force morale qui permet aux êtres humains de se sentir objectivés et, de ce fait, maintenus dans un cadre rassurant ? Comme les esclaves, dit-il, ou les domestiques sans qui les maîtres deviennent vulnérables. Ils nous regardent vivre ; ils prouvent que nous sommes bien réels ; à travers eux, nous accédons à notre propre histoire. Dans nos interactions avec eux, nous voyons – et pas eux – ce que nous sommes. Sans doute que, pour les humains, la caractéristique la plus importante d'un animal, dit-il, est qu'il ne peut pas parler. Le récit qu'Aris avait écrit parlait d'un hamster qu'il avait eu enfant. Il avait l'habitude de le regarder courir dans sa cage. Il avait une roue. Le hamster passait son temps à courir dedans – la roue produisait un ronronnement incessant. Pourtant il n'allait nulle part. Aris adorait son hamster. Il en vint à comprendre que s'il l'aimait vraiment, il devait lui rendre sa liberté. Le hamster prit donc la fuite et Aris ne le revit jamais.

Georgeou m'informa que l'heure, d'après l'horloge que je ne pouvais plus voir puisqu'elle se trouvait désormais derrière moi, s'était écoulée. Il avait attendu quelques minutes pour rattraper le temps que j'avais passé au téléphone dans le couloir : il espérait que je soutenais cette décision qu'il avait dû prendre seul afin de ne pas interrompre la séance.

Je le remerciai de ces informations, puis remerciai la classe pour toutes ces histoires qui, dis-je, m'avaient beaucoup plu. Rosa avait sorti une boîte rose fermée par un ruban qu'elle fit glisser sur la table vers moi. Ce sont des biscuits aux amandes, dit-elle, que j'ai faits moi-même d'après une recette de ma grand-mère. Je pouvais les emporter avec moi ; ou, si je préférais, je pouvais les partager avec les gens du cours. Il y en avait assez pour chacun, et, avec l'absence de Cassandra, il en resterait même un. Je défis le ruban, ouvris la boîte et une bonne odeur s'en dégagea. À l'intérieur se trouvaient onze petits biscuits, parfaitement rangés dans de petites caissettes en papier plissé blanc. Je retournai la boîte pour que tout le monde puisse admirer l'œuvre de Rosa avant d'inviter les uns et les autres à se servir. Georgeou dit qu'il était soulagé d'avoir pu vérifier le contenu de la boîte car il avait remarqué sa présence plus tôt et cela l'avait angoissé car il avait cru qu'elle renfermait peut-être un animal.

10

« Ne faites pas attention à moi », déclara la femme assise sur le canapé de Clelia quand je sortis de ma chambre à sept heures du matin.

Elle mangeait du miel à même le pot avec une cuiller. Deux grosses valises étaient posées par terre à côté d'elle. C'était une femme mince de grande taille, le visage laiteux et des cheveux bouclés en tire-bouchon, la quarantaine, une tête relativement petite au bout d'un cou étrangement long, comme une oie. Sa voix avait produit un caquètement rauque et distinct qui renforça cette dernière impression. Je remarquai le vert pâle de ses petits yeux sans cils qui ne clignaient jamais sous de sévères sourcils : elle gardait les paupières légèrement plissées dans une espèce de grimace, comme si elle voulait se protéger de la lumière. Il faisait une chaleur suffocante dans l'appartement. Ses vêtements – veste en velours lie-de-vin, chemise, pantalon, ainsi qu'une paire de bottes en cuir apparemment lourdes – ne devaient pas être confortables.

« Je débarque de Manchester, expliqua-t-elle. Il pleuvait. »

Elle s'excusait d'être là si tôt, ajouta-t-elle, mais, à cause de son horaire d'arrivée, elle ne voyait pas ce qu'elle aurait pu faire d'autre, à part attendre dans un café avec ses valises. Le chauffeur de taxi l'avait aidée à monter les bagages dans les escaliers, ce qui était la moindre des choses, dit-elle, car il avait passé quasiment toute la demi-heure du trajet depuis l'aéroport à lui raconter dans les moindres détails l'intrigue du roman de science-fiction qu'il était en train d'écrire, tout ça parce qu'elle avait commis l'erreur de lui dire qu'elle était venue à Athènes pour diriger un atelier d'écriture. Son anglais était excellent même s'il le parlait avec un accent écossais à couper au couteau : il avait été taxi pendant dix ans à Aberdeen, et un jour, lui avait-il confié, il avait eu l'écrivain Iain Banks comme client et celui-ci s'était montré très encourageant. Elle avait tenté d'expliquer qu'elle-même était dramaturge, mais il avait rétorqué que la conversation devenait trop technique pour lui. Au fait, je m'appelle Anne, dit-elle.

Elle se leva pour me serrer la main, puis se rassit. Je nous voyais comme si je me trouvais de l'autre côté des grandes fenêtres de Clelia, deux femmes qui se saluent à sept heures du matin dans un appartement à Athènes. Sa main était très pâle et osseuse, la poigne était ferme et inquiète.

« C'est un bel endroit, dit-elle en regardant autour d'elle. Je ne savais pas à quoi m'attendre – on ne sait jamais vraiment à quoi s'attendre dans ces occasions, n'est-ce pas ? Je pensais que ce serait plus impersonnel. En route, je me suis dit qu'il fallait imaginer le pire et de toute évidence, ça m'a porté chance. »

Sans trop savoir pourquoi, reprit-elle, elle avait cru qu'on la parquerait dans une cage à poules anonyme où les chiens aboyaient, les enfants criaient et les gens étendaient leur linge sur des ficelles attachées aux rebords des fenêtres à des dizaines de mètres au-dessus du sol : elle avait même envisagé une autoroute en contrebas, sans doute parce qu'elle avait dû apercevoir des logements de ce genre en venant de l'aéroport et que l'image lui était restée sans qu'elle y prête attention. Bref, elle s'attendait à ne pas être bien traitée. Pourquoi, elle n'en était pas sûre. C'était agréable, dit-elle en regardant une fois de plus autour d'elle, les bonnes surprises.

Elle sortit du pot une nouvelle cuillerée de miel dégoulinant qu'elle enfourna dans sa bouche. « Désolée, dit-elle. C'est le sucre. Quand je commence, impossible de m'arrêter. »

Je lui dis qu'il y avait de quoi manger dans la cuisine, si elle en avait envie, mais elle secoua la tête.

« Je préfère ne pas savoir, dit-elle. Je suis sûre que j'y arriverai assez vite comme ça. C'est toujours différent quand je suis dans un nouveau lieu, mais c'est rarement mieux. »

J'allai dans la cuisine pour nous préparer du café. Comme il y faisait aussi une chaleur étouffante, j'ouvris la fenêtre. Le bruit de la circulation lointaine me parvint de l'extérieur. L'arrière des immeubles peints en blanc était plongé dans l'ombre et bouchait la vue. J'apercevais d'étranges formes rectilignes où de nouvelles structures et des extensions avaient été ajoutées en saillie dans l'espace vide, si bien que, par endroits, elles se touchaient presque, comme les deux moitiés d'une chose fissurée par le milieu. Le sol était si loin qu'il était invisible, caché dans les profondeurs de ce ravin étroit et blanc fait de blocs et de rectangles où rien ne poussait ni ne bougeait. Le soleil paraissait un cimeterre au bord des toitures.

« La femme dans le couloir m'a fait une peur bleue, dit Anne à mon retour. En entrant, j'ai cru que c'était vous. » Sa voix produisit un nouveau caquètement rauque et elle porta la main à son long cou. « Je n'aime pas les illusions, ajouta-t-elle. J'oublie leur présence. »

Moi aussi, elle m'a fait sursauter plusieurs fois, dis-je.

« Je suis d'une nature un peu nerveuse, dit Anne. Je crois que ça se voit. »

Elle voulut savoir combien de temps j'étais restée ici, comment étaient les étudiants et si j'étais déjà venue à Athènes. Elle se demandait si la barrière de la langue ne posait pas trop de problèmes : c'est une drôle d'idée d'écrire dans une autre langue que la vôtre. Elle culpabilisait presque, avoua-t-elle, de voir combien les gens se sentaient obligés d'avoir recours à l'anglais, ce qu'ils perdaient d'eux-mêmes dans la transition, comme des gens à qui on dit de quitter leur maison et de n'emporter que le strict minimum. Pourtant, cette image possédait une pureté qui l'attirait, elle offrait beaucoup de possibilités en matière de réinvention de soi. Être libéré de ce qui nous encombre, autant mentalement que verbalement, représentait une perspective attrayante ; jusqu'au moment où vous vous souveniez de quelque chose dont vous aviez besoin et que vous n'aviez pas pris. Dans son cas, par exemple, elle était incapable de faire des blagues dans une langue étrangère : en anglais, on considérait qu'elle avait plutôt de l'humour, alors que ce n'était pas le cas en espagnol – une langue qu'elle avait assez bien maîtrisée à une époque. Il s'agissait donc moins d'un problème de traduction que d'adaptation, se figurait-elle. La personnalité n'avait d'autre choix que de s'adapter à ces nouvelles circonstances linguistiques, de se recréer complètement : voilà une idée intéressante. Il y avait ce poème que Beckett avait écrit deux fois, dit-elle, l'une en français et l'autre en anglais comme pour démontrer que son bilinguisme faisait de lui deux personnes et que la barrière de la langue était au bout du compte infranchissable.

Je lui demandai si elle vivait à Manchester et elle répondit que non, elle y avait simplement dirigé un autre atelier d'écriture, et avait pris l'avion directement de là-bas. C'était un peu épuisant mais elle avait besoin d'argent. Elle avait très peu écrit ces derniers temps – non pas que le théâtre vous rende riche, du moins pas celui qu'elle écrivait. Quelque chose avait changé dans son écriture. Il y avait eu… bon, on pourrait appeler ça un incident, et en tant que dramaturge elle savait que le problème, avec les incidents, c'est qu'on les rend responsables de tout : ils deviennent le principe qui régit tout le reste, comme s'ils pouvaient expliquer son existence. Peut-être que ce… problème aurait de toute façon fini par émerger. Elle n'en savait rien.

Je l'interrogeai sur la nature de ce problème.

« J'appelle ça résumer les choses », dit-elle avec un caquètement rauque et joyeux. Dès qu'elle se lançait dans un nouveau projet, très vite elle se retrouvait à le résumer. Souvent, un mot suffisait : *tension*, par exemple, ou *belle-mère*, même si, à strictement parler, ce dernier comptait deux mots. Aussitôt résumé, le projet était mort à ses yeux, purement et simplement, une cible facile et, dès lors, elle ne pouvait plus continuer à travailler dessus. Pourquoi se donner la peine d'écrire une longue et belle pièce sur la jalousie si *jalousie* la résumait tout aussi bien ? Ça ne concernait pas seulement son propre travail – elle se rendait compte qu'elle réagissait de la même manière avec celui des autres, et avait découvert que même les grands maîtres dont elle révérait les œuvres se laissaient résumer globalement. Même Beckett, son dieu, avait été réduit à néant par *insignifiance*. Elle sentait le mot monter en elle, s'échinait à le repousser, mais il revenait sans cesse à la charge jusqu'à s'immiscer dans son esprit de manière irréversible. Il n'y avait pas que les livres, cette affaire arrivait aussi avec les gens – elle prenait un verre avec une amie l'autre soir, avait regardé par-dessus la table, pensé, *amie*, et en avait conclu que leur amitié était très certainement terminée.

Elle racla le fond du pot de miel avec sa cuiller. Elle avait conscience, dit-elle, qu'il s'agissait aussi d'un malaise culturel, sauf qu'il avait à ce point envahi son monde intérieur qu'elle-même se sentait résumée, et commençait à ne plus trop voir l'intérêt d'exister au jour le jour quand, simplement, *la vie d'Anne* suffisait.

Je lui demandai quel était cet incident – si c'était bien le mot qu'elle avait utilisé – qu'elle avait mentionné plus tôt. Elle sortit la cuiller de sa bouche.

« J'ai été agressée, gloussa-t-elle. Il y a six mois. Quelqu'un a essayé de me tuer. »

C'est affreux, répondis-je.

« Les gens disent toujours ça », dit-elle.

Elle avait terminé le miel et en léchait les dernières traces sur sa cuiller. J'insistai en lui proposant de lui préparer quelque chose puisqu'elle semblait avoir si faim.

« Il ne vaut mieux pas, dit-elle. Encore une fois, quand je commence, je ne peux plus m'arrêter. »

Je suggérai que cela l'aiderait peut-être si je lui donnais quelque chose de restreint, de limité dont elle verrait clairement la fin.

« Peut-être, dit-elle d'un ton sceptique, je ne sais pas. »

J'ouvris la boîte rose de Rosa qui était posée sur la table basse entre nous et lui offris le dernier biscuit. Elle le prit et le tint dans sa main.

« Merci », dit-elle.

Depuis l'incident, poursuivit-elle, elle ne savait plus manger normalement – quel que soit l'aliment. Elle avait dû pouvoir le faire à une époque puisque, jusqu'à l'incident, elle n'avait jamais vraiment prêté attention à la nourriture, mais impossible de se souvenir de ce qu'elle avait mangé toutes ces années, ni comment. Elle avait été mariée, continua-t-elle, à un fin cordon-bleu qui avait un rapport quasi fanatique à l'ordre en ce qui concerne la nourriture. La dernière fois qu'elle l'avait vu, ce qui remontait à plusieurs mois, il lui avait proposé de déjeuner avec lui. Il avait choisi un restaurant à la mode, d'un genre que, pour des raisons financières, elle ne fréquentait plus et aussi, supposait-elle, parce qu'elle ne s'y sentait plus autorisée, dans le sens où, d'après elle, elle n'y avait plus sa place. Elle s'était assise et l'avait regardé pendant qu'il commandait, puis, tandis qu'il absorbait lentement une entrée, un plat ainsi qu'un dessert, chaque assiette très modeste et parfaite à sa manière – il avait pris des huîtres en entrée, et, si son souvenir était bon, des fraises avec un nuage de crème en dessert –, le tout couronné par un petit expresso qu'il avait avalé d'un trait. De son côté, elle avait commandé une salade en supplément. Après ce repas, elle était passée devant un magasin qui vendait des donuts et s'en était acheté quatre qu'elle avait mangés tous d'affilée dans la rue.

« Je n'ai jamais raconté ça à personne », avoua-t-elle en portant le biscuit de Rosa à sa bouche et en en croquant un morceau.

En le regardant manger, reprit-elle, elle avait éprouvé deux sentiments apparemment contradictoires. D'abord, l'envie ; et ensuite, la nausée. Elle était partagée entre le désir et le rejet que cette image – lui en train de manger – suscitait en elle. L'envie se comprenait facilement : les Grecs appellent ça *nostos* qu'on pourrait traduire par « mal du pays » même si elle n'avait jamais aimé cette expression, ayant toujours été gênée de parler d'un état émotionnel comme d'une maladie. Mais, ce jour-là, elle s'était aperçue que ce *mal du pays* résumait bien la chose.

Son ex-mari n'avait pas été d'une grande aide après l'incident. Ils ne vivaient plus ensemble, donc elle avait sûrement eu tort d'avoir espéré quoi que ce soit, mais tout de même, ça l'avait surprise. Sur le moment, il avait été la première personne qu'elle avait pensé à appeler – par habitude, pourrait-on croire, mais si elle était honnête, elle s'imaginait toujours qu'un lien indissoluble les unissait. Pourtant, quand elle lui parla ce jour-là, il fut clair d'emblée qu'il ne partageait pas son point de vue. Il s'était montré poli, distant et sec alors qu'elle était en colère, hystérique et en pleurs : ils étaient aux *antipodes* l'un de l'autre, voilà le mot qui lui était venu dans ces moments douloureux.

C'était à d'autres personnes, dont des inconnus, qu'il faudrait faire le récit de l'incident : les policiers, les psychologues, un ou deux bons amis. Mais sa vie avait sombré dans le chaos, ce monde vertigineux où plus rien n'a de sens, où l'absence de son mari lui avait fait l'effet de la disparition d'un pôle magnétique. La polarisation de l'homme et de la femme est une structure, une forme : elle ne s'en était aperçue qu'après l'avoir perdue et avait presque l'impression que l'effondrement de cette structure, de cet équilibre, était responsable de la détresse extrême qui s'était ensuivie. En d'autres termes, l'abandon d'un homme avait conduit à l'agression par un autre jusqu'à ce que les deux choses – la présence de l'incident et l'absence de son mari – n'en viennent à faire qu'une. Elle pensait qu'à la fin d'un mariage, dit-elle, tout se démêlait lentement, subissait une longue et douloureuse réinterprétation, mais cela ne s'était pas passé ainsi pour elle. À l'époque, son mari s'était débarrassé d'elle de manière si efficace et mielleuse qu'elle s'était presque sentie rassurée alors même qu'il la délaissait. Vêtu de son costume, il s'était perché à côté d'elle sur le canapé d'un avocat le temps d'une série de séances obligatoires, jetant des coups d'œil discrets à sa montre et assurant de temps en temps qu'il ne voulait que ce qui était juste, mais il aurait aussi bien pu installer une silhouette en carton à sa place tant il semblait avoir la tête ailleurs, galopant vers de plus verts pâturages. Au lieu d'avoir été réinterprétée, leur histoire s'était terminée dans le silence. Peu après il avait emménagé avec la fille d'un aristocrate – le comte de quelque chose – et ils attendaient désormais leur premier enfant.

D'une certaine façon, elle acceptait qu'il la quitte comme il l'avait rencontrée dix ans plus tôt, une dramaturge sans le sou avec des amis acteurs ainsi qu'une énorme collection de livres d'occasion sans valeur. Pourtant, elle n'était plus cette personne, ainsi qu'elle le découvrit rapidement. À travers lui, elle était devenue quelqu'un d'autre. Il l'avait créée, si l'on veut, et quand elle l'appela le jour de l'incident, c'était, supposait-elle, en se présentant comme sa création. Elle avait rompu tous les liens avec sa vie d'avant leur couple – la personne qu'elle avait été n'existait plus, si bien que l'incident avait entraîné deux crises, dont une d'identité. Pour le dire plus clairement, elle ne savait pas à qui cet événement était arrivé. Cette question d'adaptation se trouvait donc au cœur de ses préoccupations. Elle était comme une personne qui aurait oublié sa langue maternelle, une idée qui, par ailleurs, l'avait toujours fascinée. Après l'incident, un certain type de vocabulaire lui manqua, une langue maternelle du moi : pour la première fois de sa vie, les mots lui échappaient. Elle ne pouvait pas décrire l'événement, ni pour elle ni pour les autres. Elle en parlait, bien sûr, sans cesse même – mais, malgré tout ce qu'elle disait, la chose en soi demeurait inaltérée, cachée et mystérieuse, inaccessible.

Dans l'avion pour venir ici, elle avait entamé une discussion avec l'homme assis à côté d'elle, dit-elle, et c'est cette conversation qui l'avait incitée à réfléchir à toutes ces thématiques. L'homme était diplomate, en poste depuis peu dans une ambassade à Athènes après avoir vécu un peu partout grâce à sa carrière qui lui avait également permis d'apprendre de nombreuses langues étrangères. Il avait grandi en Amérique du Sud, avait-il expliqué, et parlait donc l'espagnol ; sa femme, elle, était française. Ensemble, sa famille – sa femme, leurs trois enfants et lui – se parlaient en anglais, et parce qu'ils avaient longtemps séjourné au Canada, ses enfants parlaient un anglais américanisé alors que son anglais à lui était le fruit de nombreuses années passées à Londres. Par ailleurs, il maîtrisait l'allemand, l'italien, le mandarin, avait des notions de suédois après une année à Stockholm, comprenait le russe et se débrouillait très bien en portugais.

Comme elle avait peur en avion, me dit Anne, cette conversation avait d'emblée paru une bonne distraction. Mais l'histoire de cet homme, de sa vie et les différentes langues qu'il avait apprises, l'intriguait de plus en plus, et elle s'était mise à lui poser beaucoup de questions afin de lui soutirer le plus de détails possible. Elle l'avait interrogé sur son enfance, ses parents, ses études, l'évolution de sa carrière, la rencontre avec sa femme, leur mariage, leur vie de famille, ses différents postes à travers le monde ; et plus elle l'écoutait, plus elle se disait que quelque chose de fondamental était en train de se dessiner qui la concernait elle encore plus que lui. Il établissait une ligne de démarcation de plus en plus nette au fur et à mesure qu'il parlait, s'aperçut-elle, et, manifestement, Anne et lui ne se tenaient pas du même côté de cette ligne. En somme, il décrivait ce qu'elle n'était pas : dans tout ce qu'il disait de lui, elle découvrait dans sa propre nature un négatif correspondant. Cette description en creux, à travers une démonstration par son contraire, avait mis en lumière quelque chose : elle se vit comme une forme, une silhouette entourée de nombreux détails tandis que la forme elle-même lui restait inconnue. Cette forme, même si son contenu lui était inaccessible, lui indiqua pour la première fois depuis l'incident qui elle était à présent.

Cela me dérangeait-il qu'elle ôte ses bottes, demanda-t-elle : elle commençait à avoir chaud. Elle retira aussi la veste en velours. Elle avait tout le temps froid depuis ces derniers mois, dit-elle. Elle avait perdu beaucoup de poids : ceci expliquait cela, sans doute. Cet homme, son voisin, était très petit – aussi menu qu'une femme, presque. À côté de lui, et pour la première fois depuis une éternité, elle s'était sentie grande. Il était donc très fin, avait des mains et des pieds d'enfant et dans cet espace confiné, elle avait eu d'autant plus conscience de son propre corps et des transformations qu'il avait subies. Elle n'avait jamais été très grosse, mais il était certain qu'elle s'était encore affinée depuis l'incident, et ne savait plus trop ce qu'elle était. Elle comprit que son voisin, si compact et soigné, avait sûrement toujours été ainsi : à ses côtés, la différence lui apparaissait d'autant plus frappante. Dans sa vie de femme, la métamorphose – le changement de forme – avait été une réalité physique : d'une certaine manière, son mari lui avait tendu un miroir, mais ces jours-ci, elle n'avait plus de reflet. Après l'incident, elle perdit plus d'un quart de sa masse corporelle – elle se rappela avoir croisé une connaissance dans la rue qui, en la regardant, avait dit, tu es méconnaissable tellement tu as fondu. Pendant un moment, de partout, elle entendit ce genre de commentaire, qu'elle s'étiolait, disparaissait, on évoquait son effacement imminent. Pour la plupart des gens de son entourage, des quadragénaires, c'était une période d'adoucissement et d'expansion, où les attentes devenaient progressivement plus floues, où l'on se laissait un peu aller après l'épuisement d'années passées à courir : elle les voyait se détendre et prendre leurs aises dans leur vie. Mais pour elle, en revenant au monde, les lignes étaient encore nettement définies, les attentes toujours aussi vives : elle avait parfois l'impression d'arriver à une fête au moment où les invités partaient, rentraient dormir chez eux, en même temps. Elle dormait peu, du reste – heureusement que j'étais sur le départ parce que, étant donné la superficie réduite de l'appartement, elle m'aurait réveillée, à force de s'activer à trois heures du matin.

Assise à côté de son voisin, ainsi qu'elle me le disait, elle avait éprouvé le besoin soudain d'apprendre à se connaître de nouveau, de savoir à quoi elle ressemblait. Elle se demanda quel effet cela ferait de coucher avec lui, si leurs grandes différences les dégoûteraient. Plus il parlait, plus elle était taraudée par la question de savoir si, à cet instant, ces particularités pouvaient conduire à un dégoût mutuel. Car cette différence, cette ligne de démarcation s'était à présent dessinée, s'était déplacée au-delà de la taille, la forme et l'attitude pour se résumer en une idée qui lui apparaissait clairement : cet homme menait une existence régie par la discipline tandis que la sienne était gouvernée par l'émotion.

Quand elle lui demanda comment il avait fait pour apprendre toutes ces langues, il avait expliqué que la méthode consistait à bâtir une ville imaginaire pour chacune d'elles, la bâtir si bien et si solidement qu'elle ne tomberait pas en ruine quels que soient les événements qu'il traverserait dans la vie ou le temps écoulé depuis sa dernière visite.

« J'ai imaginé toutes ces villes de mots, dit-elle, et lui qui les parcourait l'une après l'autre, une petite silhouette au milieu des hautes structures imposantes. Je lui ai dit que son image me rappelait l'écriture si ce n'est qu'une pièce de théâtre s'apparentait plus à une maison qu'à une ville : je songeais à la force que j'avais éprouvée en construisant cette maison puis en regardant derrière moi après l'avoir terminée pour constater qu'elle était toujours là. Et pendant que ce sentiment me revenait en mémoire, dit-elle, la certitude absolue que je n'écrirai plus jamais de pièce s'est emparée de moi, et, à vrai dire, je ne savais même plus comment j'avais pu en écrire une seule, quelle avait été ma démarche, quels matériaux j'avais bien pu utiliser. J'étais persuadée qu'il me serait désormais aussi impossible d'écrire une autre pièce que de construire une maison sur l'eau alors que je flottais en pleine mer.

« C'est alors que mon voisin m'a raconté une chose étonnante, continua-t-elle. Il confessa que, depuis son arrivée à Athènes six mois plus tôt, il avait été absolument incapable de faire le moindre progrès en grec. Il se donnait pourtant du mal, prenait même des cours particuliers à l'ambassade deux heures par jour, mais pas un mot ne s'imprimait en lui. Dès le professeur parti, tout ce que mon voisin avait appris s'envolait : en société, en réunion, dans les magasins ou au restaurant, il ouvrait la bouche sur un grand vide pareil à une vaste prairie qui semblait s'étendre de ses lèvres à l'arrière de son crâne. C'était la première fois de sa vie que cela lui arrivait, de sorte qu'il était bien en peine de savoir si c'était sa faute ou si le problème venait, d'une certaine façon, de la langue elle-même. Elle pouvait rire si ça lui chantait, lui avait-il dit, mais la confiance acquise dans le domaine par l'expérience l'incitait à penser qu'il ne pouvait pas totalement exclure cette hypothèse.

« Je lui ai demandé, dit-elle, comment sa femme et ses enfants se débrouillaient, eux, et s'ils connaissaient les mêmes difficultés. Il m'a alors avoué que sa femme et ses enfants étaient restés au Canada parce que, à ce stade, toute leur vie était là-bas et il aurait été trop cruel de les déraciner. Sa femme avait son travail et ses amis ; les enfants ne voulaient pas quitter leur école ni abandonner leurs activités. C'était la première fois que la famille vivait séparée. Il avait omis cette précision, il s'en rendait bien compte, dit-il ; il ne savait pas trop pourquoi. Sur le coup, il n'avait pas perçu la pertinence de cette information.

« Je lui ai demandé, dit-elle, s'il avait songé que son incapacité à apprendre le grec puisse être liée à l'absence de sa famille. Sans tomber dans le sentimentalisme, on pouvait simplement constater que les conditions dans lesquelles il avait toujours connu le succès n'étaient plus réunies. Il a pris un instant pour réfléchir, et puis il m'a répondu que j'avais en partie raison, mais que, surtout, il croyait très profondément à l'inutilité du grec. Ce n'est pas une langue parlée internationalement : dans la diplomatie, tout le monde communique en anglais ; au bout du compte, il aurait perdu son temps en apprenant cette langue.

« Cette remarque avait quelque chose de si définitif, commenta Anne, qu'elle a mis comme un point final à notre conversation. Et alors qu'il nous restait encore une demi-heure de vol, nous n'avons plus échangé un mot. En étant assise là à côté de lui, j'ai senti le pouvoir de son silence. Quasiment comme s'il me punissait. Pourtant, tout ce qui s'était passé, c'était qu'il avait refusé d'accepter sa responsabilité dans cet échec et s'était opposé à ce que j'en tire la moindre conclusion et que je la formule comme j'étais toute disposée à le faire, ce dont il s'est bien rendu compte. C'était une sorte de bras de fer, sa discipline contre mon émotion, avec l'accoudoir comme seule barrière. J'ai attendu qu'il me pose une question, ce qui aurait été poli, après tout, mais il n'en a rien fait, alors que je lui en avais tellement posé, moi. Il s'est claquemuré dans sa vision de la vie, au risque de me vexer parce qu'il savait que cette vision était menacée. »

Elle n'avait donc plus bougé, dit-elle, et avait réfléchi à cette habitude qu'elle avait toujours eue de vouloir s'expliquer et au pouvoir de ce silence qui éloignait les gens les uns des autres. Depuis l'incident – maintenant que les choses étaient plus difficiles à expliquer, et que les explications étaient plus violentes et plus sombres –, même ses amis les plus proches lui disaient d'arrêter d'en parler comme si, par cette parole, elle en prolongeait l'existence. Mais si les gens gardaient sous silence ce qui leur arrivait, n'y avait-il pas une sorte de trahison qui s'opérait, ne serait-ce qu'envers la version d'eux-mêmes qui avait fait l'expérience de ces traumatismes ? Il ne viendrait à l'idée de personne de dire qu'il ne faut pas parler des événements historiques, par exemple ; au contraire, dans ce domaine, le silence équivaut à l'oubli et c'est ce que tout le monde redoute le plus, quand ils sentent que leur propre histoire risque d'être oubliée. Alors que, en fait, l'histoire est invisible, même si ses monuments sont encore debout. L'érection de monuments ne constitue qu'une moitié de la question, le reste, c'est de l'interprétation. Or l'erreur d'interprétation, le manque d'objectivité, la présentation sélective des événements sont pires encore que l'oubli. La vérité doit être représentée : on ne peut pas la laisser simplement se représenter elle-même. Anne l'avait notamment laissée à la charge de la police après l'incident et s'était plus ou moins retrouvée sur la touche ensuite.

Je lui demandai si cela la gênait de me raconter l'incident, et l'inquiétude s'afficha aussitôt sur son visage. Elle porta les mains à sa gorge où battaient deux veines saillantes.

« Un type a surgi de buissons, croassa-t-elle. Il a essayé de m'étrangler. »

Elle espérait que je comprendrais, ajouta-t-elle, mais, malgré ses propos précédents, elle cherchait en fait à ne plus parler de l'incident. Elle s'efforçait au mieux de le résumer. Disons que, ce jour-là, j'ai découvert ce qu'était vraiment le drame, dit-elle. Il n'était plus question de théorie, de structure interne dans laquelle elle pouvait se cacher pour regarder le monde. On pouvait presque dire que c'était son travail qui avait surgi d'un buisson pour l'agresser.

Il me semble, dis-je, que beaucoup de gens éprouvent cela à un moment donné ou à un autre, et non pas par rapport à leur travail mais à la vie.

Elle resta assise en silence sur le canapé, hochant la tête, les mains croisées sur le ventre. Puis elle me demanda quand je devais partir. Mon vol était dans quelques heures, répondis-je.

« Quel dommage, dit-elle. Vous avez hâte de rentrer ? »

Dans un sens, rétorquai-je.

Elle voulut savoir quel monument il lui fallait absolument visiter durant son séjour, d'après moi. Elle savait que les sites de renommée mondiale abondaient, mais pour une raison inconnue, cela l'intimidait un peu. Si je connaissais un lieu un peu plus confidentiel auquel j'attachais de la valeur, elle serait ravie de le découvrir.

Je lui conseillai l'Agora et les statues de déesses décapitées au niveau de la colonnade. Il y faisait frais, l'endroit était paisible, et dans leurs drapés apparemment souples, les gigantesques corps en marbre, si anonymes et muets, étaient étrangement réconfortants. Je suis restée coincée trois semaines ici avec mes enfants, une fois, dis-je, parce que tous les vols avaient été annulés. On ne pouvait pas le voir, mais tout le monde parlait d'un formidable nuage de cendres qui s'étalait dans le ciel ; les gens craignaient que des particules n'enrayent les réacteurs. Cela m'avait rappelé les visions apocalyptiques des mystiques médiévaux, ce nuage imperceptible mais auquel croyait tout un chacun. Nous avons donc passé trois semaines supplémentaires ici, et parce que nous n'étions pas censés être là, il m'a quasiment semblé que nous devenions invisibles. Nous n'avons vu personne ni parlé à personne durant tout ce temps, alors que j'aurais pu appeler mes amis qui vivent ici. Mais je ne l'ai pas fait : le sentiment d'invisibilité était trop puissant. Nous sommes souvent allés à l'Agora, dis-je, un lieu qui avait été pris d'assaut, détruit et reconstruit bien des fois à travers l'histoire jusqu'à ce que, à l'époque moderne, on ait décidé de le préserver. Bref, nous avons été amenés à bien le connaître.

Ah, dit-elle. Si j'avais assez de temps et si je souhaitais revoir l'Agora, peut-être que nous pourrions y aller ensemble. Elle n'était pas sûre de la trouver toute seule. Sans parler qu'une promenade lui ferait du bien – et lui ferait passer son envie de manger.

Elle pouvait essayer les souvlakis, lui dis-je ; elle n'aurait plus jamais faim après.

Les souvlakis, dit-elle. Oui, je crois que j'en ai entendu parler.

Mon téléphone sonna et la voix joyeuse, pas du tout découragée, de mon voisin sortit du combiné.

Il espérait que je passais une bonne matinée, dit-il. Il était sûr qu'aucun nouvel incident n'était venu troubler mon séjour. Comme je n'avais pas répondu à ses SMS, il avait décidé de m'appeler. Il avait pensé à moi ; il se demandait si j'avais le temps pour une petite virée en mer, avant mon vol.

Je répondis que non, malheureusement – j'espérais que nous nous reverrions lors d'un de ses prochains passages à Londres, mais là, j'avais déjà prévu de faire un peu de tourisme avec quelqu'un d'autre.

Dans ce cas, déclara-t-il, ce sera pour moi une journée de sollicitude.

Vous voulez dire solitude.

Je vous demande pardon, s'excusa-t-il. Évidemment, je voulais dire solitude.

RÉALISATION : NORD COMPO À VILLENEUVE-D'ASCQ
IMPRESSION : CPI FRANCE
DÉPÔT LÉGAL : MARS 2018. N° 139350 (3027002)
IMPRIMÉ EN FRANCE

Éditions Points

Le catalogue complet de nos collections est sur Le Cercle Points, ainsi que des interviews de vos auteurs préférés, des jeux-concours, des conseils de lecture, des extraits en avant-première…

www.lecerclepoints.com

DERNIERS TITRES PARUS

P4736. Eugène Oniéguine. Roman en vers
Alexandre Pouchkine
P4737. Les mots qui nous manquent
Yolande Zauberman et Paulina Mikol Spiechowicz
P4738. La Longue Marche du juge Ti & Médecine chinoise à l'usage des assassins, *Frédéric Lenormand*
P4739. L'Apprentissage de Duddy Kravitz, *Mordecai Richler*
P4740. J'ai épousé l'aventure, *Osa Johnson*
P4741. Une femme chez les chasseurs de têtes, *Titaÿna*
P4742. Pékin-Pirate, *Xu Zechen*
P4743. Nous dormirons quand nous serons vieux, *Pino Corrias*
P4744. Cour Nord, *Antoine Choplin*
P4745. Petit traité d'éducation lubrique, *Lydie Salvayre*
P4746. Long Island, *Christopher Bollen*
P4747. «Omar m'a tuer» : l'affaire Raddad, 1994. *Suivi de* «Il pleure, il pleure!» : l'affaire Troppmann, 1869, *Emmanuel Pierrat*
P4748. «J'accuse» : l'affaire Dreyfus, 1894. *Suivi de* «Surtout ne confiez pas les enfants à la préfecture» : l'affaire Papon, 1997, *Emmanuel Pierrat*
P4749. «Juger Mai 68» : l'affaire Goldman, 1974. *Suivi de* «J'ai choisi la liberté» : l'affaire Kravchenko, 1949 *Emmanuel Pierrat*
P4750. Deux hommes de bien, *Arturo Pérez-Reverte*
P4751. Valet de pique, *Joyce Carol Oates*
P4752. Vie de ma voisine, *Geneviève Brisac*
P4753. Et je prendrai tout ce qu'il y a à prendre, *Céline Lapertot*
P4754. La Désobéissance, *Naomi Alderman*
P4755. Disent-ils, *Rachel Cusk*
P4756. Quand les femmes parlent d'amour. Une anthologie de la poésie féminine, *Françoise Chandernagor*
P4757. Mörk, *Ragnar Jonasson*

P4758. Kabukicho, *Dominique Sylvain*
P4759. L'Affaire Isobel Vine, *Tony Cavanaugh*
P4760. La Daronne, *Hannelore Cayre*
P4761. À vol d'oiseau, *Craig Johnson*
P4762. Abattez les grands arbres, *Christophe Guillaumot*
P4763. Kaboul Express, *Cédric Bannel*
P4764. Piégée, *Lilja Sigurdardóttir*
P4765. Promenades en bord de mer et étonnements heureux
Olivier de Kersauson
P4766. Des erreurs ont été commises, *David Carkeet*
P4767. La Vie sexuelle des sœurs siamoises, *Irvine Welsh*
P4768. Des hommes de peu de foi, *Nickolas Butler*
P4769. Les murs ont la parole
P4770. Avant que les ombres s'effacent
Louis-Philippe Dalembert
P4771. La Maison des brouillards, *Eric Berg*
P4772. La Pension de la via Saffi, *Valerio Varesi*
P4773. La Caisse des dépôts, *Sophie Coignard et Romain Gubert*
P4774. Français, Françaises, Belges, Belges, *Pierre Desproges*
P4775. La fille qui lisait dans le métro, *Christine Féret-Fleury*
P4776. Sept graines de lumière dans le cœur des guerriers
Pierre Pellissier
P4777. Rire et Guérir, *Christophe André et Muzo*
P4778. L'Effet haïku. Lire et écrire des poèmes courts agrandit
notre vie, *Pascale Senk*
P4779. Il n'est jamais trop tard pour le plus grand amour.
Petit traité d'espérance, *Michael Lonsdale*
P4780. Le bonheur quoi qu'il arrive. Propos fulgurants
d'Armelle Six, *Robert Eymeri*
P4781. Les Sœurs ennemies, *Jonathan Kellerman*
P4782. Des enfants tuent un enfant. L'affaire Bulger
Gitta Sereny
P4783. La Fin de l'histoire, *Luis Sepúlveda*
P4784. Le Jeu du chat et de la souris, *A Yi*
P4785. L'Âme des horloges, *David Mitchell*
P4786. On se souvient du nom des assassins
Dominique Maisons
P4787. La Légèreté, *Emmanuelle Richard*
P4788. Les Retrouvailles des compagnons d'armes, *Mo Yan*
P4789. Les Fantômes du 3ᵉ étage, *Bernard Thomasson*
P4790. Premières expéditions. Raid papou & Terre farouche
Patrice Franceschi
P4791. Grandes Traversées. Quatre du Congo & Qui a bu l'eau
du Nil, *Patrice Franceschi*
P4792. Fils d'homme, *Augusto Roa Bastos*
P4793. La Vie automatique, *Christian Oster*